TUSSEN DE MAZEN

Verhalen

Eerste druk februari 2025

Mariska Kleinhoonte van Os

Tussen de mazen

Verhalen

Uitgeverij Van Oorschot
Amsterdam

Voor Stephan

‘Well, something’s lost, but something’s gained
In living every day.’
Joni Mitchell, ‘Both Sides Now’

‘Je kunt slechts liefhebben wat je nog bij je hebt en voor je houdt.’
Goethe, *Het lijden van de jonge Werther*

De boekhouder

7 juli, 18.25 uur. Ifjusag, Hongarije. Voor we vertrokken heb ik op Wikipedia gelezen dat het Balatonmeer, hier vlakbij, het grootste meer (592 km^2) van Midden-Europa is. Strikt genomen is de benaming Balatonmeer onjuist en dubbelop, stond er: de laatste lettergreep in de naam, to(n), betekent namelijk al 'meer'. De Hongaren hebben het dan ook over het Balaton of liefkozend A Balcsi. Het is best klote hier. Het weer, de tent, de camping. Alles. We hadden beter op Terschelling kunnen zitten, dan waren we tenminste zo thuis geweest. We drijven zowat de tent uit en een kleine wandeling van twintig minuten resulteerde in twee natte mensen, een rothumeur en een ingeregend onderkomen.

*

01.20 uur. Terug van de voetbalwedstrijd Nederland-Brazilië. Mooie wedstrijd, mooie voetballers. Helaas werden het strafschoppen en verloren we met 9-10. Jammer, maar de sfeer zat er toch al niet echt in. Aangekomen bij de tent moeten we eerst hozen met theekopjes, en dweilen met sokken.

*

8 juli, 18.03 uur. Geert van de reisbegeleiding is raar maar aardig. Onvergetelijk was het uitje naar de andere camping (van 14.00 uur tot 17.00 uur). Zelfs met een Hongaarse bus kom je nog aan. Alleen moet je dan niet te vroeg uitstappen, anders moet je lopen in de regen. Laten we hopen dat het morgen droog is. Hoewel ik hem nog maar kort ken mis ik Michiel, of in elk geval: ik zou hem moeten missen. Dat bij elke jongen met blonde krullen mijn hart een slag zou overslaan. Ik houd me in tegenover Annabel maar ik zou de hele dag wel over hem willen praten, om met haar te analyseren wat normaal is en wat niet.

*

Het is niet te geloven, het waait steeds harder en de stortbuien die een paar minuten duren volgen elkaar nog steeds op. Mijn nek en schouders zitten vast alsof die examenstress nog in mijn lijf zit. Hoewel ik al klaar ben droom ik nog steeds dat ik wiskunde moet maken en geen idee heb waar het over gaat en kotsend het lokaal moet verlaten. Het is dat ik goed stond voor dat vak, anders had ik hier niet gezeten, dan was ik gezakt. Bijna een aanlokkelijk idee met deze nattigheid. Redelijk goed geslapen wel. Gisternacht dachten we dat de tent weg zou waaien, geen oog dichtgedaan. Nou, eerst straks maar eens brood halen en kijken hoe de voortent het natuurgeweld heeft overleefd.

*

9 juli, 20.07 uur. 's Middags naar Siofok, met de bus die precies om 14.15 uur wegreed. Nadat Annabel en ik uitgewandeld waren zijn we een restaurant gaan uitzoeken dat er niet te schraal uitzag maar ook binnen ons kleine budget kon blijven. 'Dineren' dus bij Amigo. Een leuke ober die zijn best deed wat Engels te praten. Samen dus, hier in fucking Siofok, met slappe frieten uit de magnetron en een schnitzel die smaakt alsof hij eerst nog onder een schoen geplakt heeft gezeten. Samen dus, op de foto met de slecht Engels sprekende ober. Samen luisteren naar de mislukte artiest die op een keyboard zat te rammen en daarbij wat douchegeluiden liet klinken. De fooi voor de ober gaven we hem in de hand, zonder dat zijn baas het zag. Omgerekend twaalf euro voor een Hongaars salami- en kaasplankje, gestoofde tomaat en paprika, oranje gekleurde kruidenboter, patat en schnitzel dus. Geen geld toch?

*

04.00 uur. De troep komt thuis van de 'clubtour' waar wij geen zin in hadden, maar tot nu toe goed geslapen.

*

10 juli, 12.10 uur. Vanochtend om 08.37 uur opgestaan. Zoals je ziet ben ik – hoewel het beter gaat in dit nieuwe schrift – nog steeds gehecht aan orde en structuur, en dit is ongeveer het 'slechtste' scenario denkbaar voor mij. Natuurlijk, het kan altijd nog veel erger, maar mijn karakter (en oké, beperking) wordt hier danig op de proef gesteld. Dat hele concept van 'kam-

peervakantie', dat begrijp ik gewoon niet. Waarom zou iemand voor z'n lol in een tent gaan zitten en natregenen? Maar Annabel heeft me overgehaald. Zoals altijd. Zonder haar was ik nog steeds die nerd die nooit achter haar boeken vandaan te halen was. Michiel kent me nog niet zo goed, en dat is misschien maar beter ook. Nou goed, nou ben ik de draad kwijt en weet ik niet meer wat ik wilde vertellen. In elk geval ben ik vanmorgen om 08.37 uur opgestaan. Ik zou hier ook het aantal seconden kunnen noemen dat ik op mijn supersonische horloge kan zien (en stopzetten), maar ik heb geleerd dat dat te ver gaat, dus laat ik het achterwege. Ik word soms ook zo moe van dit schrijven maar ben bang dat ik volledig de draad kwijtraak als ik ermee ophoud. Boodschappen gedaan, papa en mama gebeld die niet opnamen, Michiel gebeld die niet opnam. Kleine hartverzakking. Toen ik later (14.43 uur) appte bleek dat hij nog op bed lag, die ouwe snurker. Het enige wat hij vroeg was wanneer ik terugkwam. Morgenmiddag vertrekt hij zelf naar Italië dus hij moet niet zo zeiken. Maar ik ben niet erg gerustgesteld, hij in Italië met al die mooie meiden (en ik hier, met al die lelijke Hongaren). Maar goed, het heeft ook nog geen goede basis, het is nog veel te kort. Dat zegt Annabel tenminste en ik neem het van haar aan – zoals ik (bijna) alles van haar aanneem. Als ik terug ben hoop ik hem verder te leren kennen. Ik wil ook een vriendje, net als iedereen. Of nee, zoals alle meiden, of althans, bijna alle meiden dan. Ik weet ook heus wel dat er lesbische meiden bestaan of van die chicks die op allebei vallen. Lijkt me verwarrend, zoveel keus. Soms, als ik naast Annabel lig, dan ruik ik de shampoo van haar pasgewassen haren en dan denk ik, hoe makkelijk zou het zijn. Maar ik kan me mezelf niet tussen haar benen voorstellen – bij een jongen trouwens ook niet en ik ben al bijna achttien!

*

’s Avonds (22.54 uur) was het ineens feest. Eerst hadden we macaroni gekookt voor ons tweeën. Best goor, ik had er te weinig water bij gedaan, dus alles was aan elkaar geplakt. Ach, het is tenminste voedzaam, hoor ik mijn moeder in gedachten zeggen. Vandaag voor het eerst mijn Adidas-bikini aangehad, want jawel, het regent niet meer en het is ook beduidend warmer (de thermometer op de tent van de campingbegeleiding gaf 25,58 graden aan). Ik voelde me dik en lelijk. Totdat ik merkte dat Geert van de reisbegeleiding iets langer naar me keek dan nodig. Annabel zei dat ik er fantastisch uitzag, maar haar vertrouw ik wat dat aangaat dan toch minder dan een man in het wild. Bij de macaroni een wijntje erbij en nog een wijntje en nog een wijntje. Oeps, fles leeg. Ik kan nu nog net een pen vasthouden, maar daar is dan ook alles mee gezegd. Mijn hoofd draait en het voelt een beetje wee in m’n maag, alsof ik moet overgeven. Schaamte en angst om zoveel controleverlies. Maar ik doe dit voor Annabel.

*

02.34 uur. Ik heb een bedlampje nodig om te kunnen schrijven. Alles was nat, mijn kussen, mijn slaapzak en stinken! Ik stootte Annabel wakker, die zei dat het goed is, dat ik alles mee moet maken in dit leven. Ik mocht bij haar onder de slaapzak, nadat ik eerst een schoon T-shirt van haar kreeg en mijn tanden heb gepoetst, gewoon buiten de tent uitgespuugd, ik hè?! Annabel gelooft in reïncarnatie en toch wil ze alles uit dit leven halen. Dat klinkt tegenstrijdig maar dat is het niet volgens haar. Om haar te pesten zeg ik weleens dat ze nog genoeg levens voor de boeg heeft. Ze wil het liefst terugkeren als mug, dan kan ze alle mensen die naar en vervelend doen op deze wereld terug gaan steken. Ik vind het naïef en onrealistisch, ze kan ook zo doodgeslagen worden, maar ik houd van haar dus houd ik mijn mond. Ik zeg wel tegen haar: 'Die muggen, dat zijn gereïncarneerde nazi-officieren.' En dan prijst zij mijn opmerkingsgave en verbeelding. Als, en ik zeg áls ik terug zou moeten keren als dier, dan lekker clichématig als kat. Lekker eten, slapen, jagen en dan weer opnieuw: eten, slapen, jagen. Maar ja, als we niet naar die suffe 'discotours' gaan hier, wordt er weinig geraved, of hoe schrijf je dat. Nu slapen met een bonkend hoofd.

*

11 juli, 07.05 uur. Klaarwakker en enorme dorst. Ik moet ook enorm plassen maar wil Annabel niet wakker maken. Wat ik ook nog nooit tegen haar heb gezegd, is dat ze een beetje kruidig ruikt, ook nu zou ik het willen zeggen, nu ik dicht naast haar lig. Naar kaneel en korianderzaad, vermengd met komijn als het in de vijzel is geweest. Ik dacht dat haar gebatikte kleding daarvoor zorgde, maar zelfs als ze haar bikini aan-

heeft, een fuchsiaroze van de H&M – zij koopt er liever drie voor de prijs van één Adidas –, ruikt ze nog zachtjes (of zeg je dat zo niet bij geuren? Ik denk eerder dat je dan 'licht' zegt) naar India. Hoe Hongarije ruikt kan ik niet precies omschrijven.

*

Wel weet ik dat het nu 17.57 uur is en dat we zo maar eens gaan zoeken naar een restaurant. Annabel wil trakteren omdat ik Michiel zo mis. (Ik heb het stiekem toch tegen haar gezegd. 'Weet ik toch' was haar onderkoelde reactie. Maar ze keek er wel warm bij. Dat heb ik geleerd te herkennen, met plaatjes uit een boek. En Michiel missen is dus heel normaal, aan haar reactie af te lezen.)

*

12 juli, 12.56 uur. Ik ben weer een beetje bijgekomen van wat een kater blijkt te zijn. Uit verveling zitten we Geert de groepsleider te bespioneren. Een groot deel van de groep is op excursie maar hij moest op de camping blijven vanwege de achterstallige administratie of zoiets en wij hadden gewoon geen zin ons weer over te leveren aan 'de groep'. Fuck de groep! 'Agent 007, zie jij wat ik zie?' 13.05 uur. Geert hoest. Voor het eerst vindt Annabel het grappig dat ik alles zo precies noteer. Meestal wordt ze er onrustig van. Ze noemt me vaak 'de boekhouder'. Ze gaat nu de tent opruimen, wat echt een leuk grapje is vind ik zelf. Je wil niet weten hoe dat modderhol met al die kots van mij er vanbinnen uit-

ziet. Daarom zit ik maar te schrijven in de zon (en half in de schaduw). Arme Geert is de rest van de tenten, van de mensen die vertrokken zijn, aan het schrobben. 13.23 uur. Hij krabt aan zijn neus. Hij loopt naar ons toe. Zijn sigaretten zijn op en wij roken ook al niet. Ik heb Annabels blauwe zonnebril op en ik voel me cool. Misschien gaan we straks naar Siofok om wat te drinken ergens. Alleen even geen wijn meer. Misschien eens zo'n rode cocktail, ik houd wel van tomatensap. Papa en mama zouden eens moeten weten!

*

20.04 uur. Het duurt lang deze vakantie. Ik mis mijn strikte routine thuis. Maar ik probeer me eraan over te geven, met Annabel mee te doen en dus gaan we drinken. Ik heb geen verstand van cocktails, maar Annabel maakt een bloody mary voor me met slechte Hongaarse, thuisgestookte wodka. Annabel moedigt me aan om meer te drinken en ik twijfel maar wil geen spelbreker zijn.

*

03.08 uur. Ohhhh wat haat ik mezelf, alles draait en ik ben kotsmisselijk, ik moet mijn ogen wijd open sperren en diep door mijn neus inademen om maar niet te hoeven overgeven. Waarom wil ik toch zo graag meedoen terwijl ik er helemaal niet tegen kan! Annabel is getraind, ik ben een *rookie*. Ik kan amper lezen wat ik schrijf, de letters dansen voor mijn ogen en ik onderdruk een zure oprisping. Slapen moet ik!

*

13 juli, 17.55 uur. Vannacht was het nog afschuwelijker dan eergisternacht. Alles rood en nat. Waarom doe ik dit? Als ik eerlijk ben, voor Annabel, ik wil laten zien dat ik geen nobody ben. Ik ben altijd zo ont-zet-tend saai en durf eigenlijk helemaal niks. Maar vandaag zijn we dan eindelijk naar het Balatonmeer geweest, dat dus volgens Wikipedia eigenlijk Balatonmeermeer betekent. Als twee ouden van dagen hebben we op een bankje gezeten, met een trui aan, want het is een stuk frisser vandaag (18,43 graden op de thermometer). En dat terwijl er veel mensen in badkleding liepen te paraderen. Nou, ons niet gezien. Ik erger me dood aan al die vieze, dikke Duitsers. Appelsap op een suf terras om 14.48 uur, waar ze wel leuke oude muziek op hadden staan. The Beatles en The Animals en zo, houd ik van. Vroeger stelde ik papa en mama de vraag waarom ik niet in de jaren zestig geboren ben. 'Dan was je nog te jong geweest om die muziek mee te maken' was het antwoord. Daar moest ik even op kauwen. Vanavond is er BBQ op de camping, maar daar doen wij lekker niet aan mee. We gaan uit eten en nu trakteer ik Annabel. Vlak voordat we willen vertrekken vertelt Geert nog dat hij iemand gered heeft, die zat blijkbaar op het dak van de Tropicana (een club) en was totaal bezopen, was er bijna afgeflikkerd.

*

14 juli, 09.16 uur. Vandaag gaan we zeilen. Ik houd niet van dingen die ik nog nooit gedaan heb. Maar An-

nabel wil dat we gaan, en dus gaan we. Weer een hele stap voor mij, ik ben trots op mezelf!

*

15 juli, 22.48 uur. Hee, Annabel hier. Nu pas terug op de camping, afgelopen nacht niet geslapen. Ik ben kapot maar moet dit voor je opschrijven, ik weet hoe belangrijk dat voor je is. Ik ken je al vanaf mijn vierde! Jij bent mijn alles, jij wéét alles van mij, je bent een deel van mij.

Dat zeilen dus. Het regende natuurlijk weer de hele dag. Maar goed, jij stond te shinen Marieke, met je toffe Adidas-bikini, geen spoor van angst op je gezicht! Aangekomen op het schiereiland Tihany, begon het pas echt goed te regenen. Alles trok dicht, het meer en de lucht leken één te worden. Geschuild in een kerk met een kerkorgel waar ik bijna van in trance raakte. Ik zag dat het jou ook raakte, dan gaat er altijd een zenuwtje trekken onder je rechteroog. Terug op de boot brak eindelijk de zon door. Toen we eenmaal ver genoeg van de haven verwijderd waren, mochten we zwemmen. Samen met jou achter de boot gehangen, het touw strak vasthoudend. Daarna hing je even alleen, ik heb vanaf het dek nog een foto van je genomen.

En dan dus die keuze van mij: we besloten onze vingers op te steken na de vraag wie er het waterskiën achter een motorboot wilde uitproberen. Ik wéét hoe gevoelig je bent voor mijn mening, hoe graag je 'normaal' zou willen zijn. En ook al ben je abnormaal, ik houd toch wel van je.

Hoe eerder ik ervan af ben, hoe beter. Hier komt het

dus: je bent van bijna anderhalve meter hoogte (sorry, Marieke, preciezer weet ik het niet) keihard plat op je rug op het water geklapt en buiten westen geraakt. Uit het water gehaald door de reddingsbrigade, Geert en ik werden op de motorboot gehesen – we zaten met onze voeten nog aan die ski's vast maar hadden het zien gebeuren. Ik dacht dat je dood was, Marieke. Je lag als een plank op het water en het leek net of ik naar een still uit een slecht gemonteerde film zat te kijken.

Je ligt in het ziekenhuis. Je kunt alleen je hoofd nog bewegen en godzijdank kun je nog praten (maar dus niet schrijven). Ik heb je gerustgesteld en beloofd onze avonturen voor nu verder op te tekenen, totdat je niet meer verlamd bent – als dat moment ooit gaat komen. Ik heb je ook moeten beloven dat ik niet terug zal lezen wat je in dit schriftje geschreven hebt, maar mijn oog viel op het laatste fragment, dat je trots bent op jezelf, dat je bent gaan zeilen. Had ik je maar niet overgehaald ook nog aan het waterskiën mee te doen. Zeker niet met de hoeveelheid drank die we op hadden.

Die afschuwelijke grijsgrauwe kolos die een ziekenhuis moest voorstellen. Bij de EHBO mocht ik je niet zien en ik dwaalde verloren door de gangen van dat gebouw en kwam iemand tegen met een bebloede lap om haar hoofd gebonden, alsof het er al dagen op zat. Heb het alarmnummer van de verzekering gebeld, ervoor gezorgd dat je een eenpersoonskamer kreeg. Toen je eenmaal op je kamer lag durfde ik je eigenlijk niet alleen te laten, maar ik moest je ouders bellen en uitspreken wat ik gedaan heb. Van Michiel heb ik het nummer niet en ik twijfel of jij dat zou willen, dus ik vraag het je niet.

Jij die niet tegen verandering kunt. Ik nam je mee naar deze plek in Hongarije, door míj gingen we het water op. Geert kwam net bezorgd vragen of het wel goed ging met me. Hij is zich rot geschrokken, eerst die gast op het dak en nu dit. Ik kom naar je toe en laat je niet meer alleen. Al moet ik op de koude grond naast je stalen bed slapen. Ik schrijf voor jou tot jij weer schrijven kunt en zal beloven op de tijden te letten. Het is nu 23.22 uur.

De paskamer

Ineens begreep ze niet meer wat ze hier kwam doen. Bij de ingang van het warenhuis haperde de draaideur even en gaf toen te hard mee. Ze belandde in een wolk van weeïg-zoet parfum. Het zweet prikte in haar nek van het harde fietsen. Ze had ook niet op zaterdag moeten gaan! Toch rechtte ze haar schouders, sloot kort haar ogen, ademde diep in en uit voor ze met de massa mee richting de roltrap bewoog. Bij de nieuwe voorjaarscollectie liet ze haar hand even langs een oudroze zijden blouse strijken. Te dunne stof en te getailleerd.

Op de afdeling lingerie en nachtmode liep ze met omtrekkende bewegingen naar de rekken met haar favoriete merk. De bh's presenteerden zich uitnodigend op de middelste en bovenste rekken.

'Kan ik u helpen?'

Een rilling trok over haar ruggengraat. 'Nou ik kijk even, bedankt.'

'Verderop hangen de nieuwste setjes, in lichte pasteltinten. Je zou het nog niet zeggen maar de lente komt eraan.' De vrouw keek haar iets langer aan dan nodig was en wendde zich tot een andere klant. Toen ze zeker wist dat de vrouw niet meer keek, pakte ze lukraak wat uit de rekken. Ze stond nog wat te hannesen met het gordijn van de paskamer en ze hoorde de vrouw een andere klant advies geven over borstomtrek, cupmaat en bandjes verstellen. Ze bekeek zichzelf in de levensgrote spiegel en langzaam stak ze haar rechterhand van onder in haar linkermouw en trok met enige moeite haar linkerarm eruit. Herhaalde dat aan de andere kant. Het voelde nog altijd vreemd dichtbij te komen. Ze liet haar hemd aan en stroopte haar spijkerbroek naar beneden. Een strook gerimpelde huid, die ooit zo strak had gestaan als een ballon, werd zichtbaar, samen met de witte brede lijnen die van onderen naar boven liepen. Dit waren de sporen van het leven vóór. Het leven ná had andere sporen getrokken.

Met de ogen dicht trok ze in één vloeiend gebaar haar hemd over haar hoofd. Ze had nog steeds haar ogen dicht toen ze de vrouw achter het dikke velours hoorde vragen of ze hulp nodig had. Snel pakte ze haar hemd, hield het voor haar borst en schoof het gordijn met twee vingers opzij.

'Mag ik binnenkomen?' De medewerker schoof het gordijn nog iets verder naar links en maakte ruimte.

Voor ze het doorhad floepte het eruit: 'Ik weet niet of ik de goede maten gepakt heb. Na mijn zwangerschap is er zoveel veranderd aan mijn lijf.'

'Geen probleem. Dan kijk ik toch even met je mee? Vind je het goed als ik je borstomtrek even meet? Meten is weten, zei mijn vader altijd.'

Nu ze opnieuw naar de vrouw keek, zag ze dat het eigenlijk meer een meisje was. Ze was vast al een jaar of dertig maar had die jeugdige uitstraling die zij zelf verloren had.

‘Kun je je armen even omhoog doen, dan kan ik er met het meetlint onderdoor.’

Met haar handen in de lucht, viel het hemd op de grond en hoewel ze instinctief naar de grond wilde duiken om het op te rapen en het als beschermend schild voor zich te houden, bleef ze als verlamd rechtop staan. Haar linkertepel stak pront vooruit. Ze kon haar ogen niet afhouden van de schoonheid van die perfecte druppelvormige borst. Het meisje achter haar bestond even niet meer. Langzaam maakte ze haar ogen los en bewoog ze naar rechts. Ze was nog steeds niet gewend aan de gekartelde liggende halve maan die de plaats van de tweelingborst had ingenomen. Het vlees was nog rauw en rood, de huid eronder voelde aan als een harde schijf.

Een warme hand op haar rechterschouder. ‘Het geeft niet, ik help je,’ zei de vrouw. ‘Ik zal heel voorzichtig meten, het gaat maar om een indicatie, je huid is zo te zien nog erg gevoelig.’

Ze kon alleen maar knikken.

‘75B. Eigenlijk moet je een aparte afspraak maken, maar we hebben hier altijd enkele comfort-bh’s met prothesepockets op voorraad, ik ga ze voor je halen. Ik ben zo terug.’

Ze zakte door haar benen op het krukje, raapte het hemdje van de grond en worstelde haar armen erdoorheen. Het moment voor de operatie, de streep op haar rechterborst die moest voorkomen dat de verkeerde eraf gehaald zou worden. Joachim had haar hand vastgehouden tot het bed door de klapdeuren verdween. Terwijl ze met de anesthesist terugtelde van tien naar één zag ze zichzelf met wiebelende borsten op de naturistencamping lopen. Bij zeven het warme zachte hoofdje van haar kind dicht tegen zich aan, de eerste en laatste keer dat ze melk gaf. Bij zes kwam er een zware deken over haar heen en bij vijf ging het licht uit.

Ze zat nog steeds op het krukje toen de medewerker terugkwam. 'Kijk, voel eens? Geen beugels, maar zachte stof en brede bandjes die goed te verstellen zijn, zodat je links meer steun hebt dan rechts, waar de huid nog niks kan verdragen. Probeer maar.'

Ze pakte de bh, die meer op een hemdje leek, aan met haar linkerarm. Instinctief ontzag ze haar rechterarm, alsof die in plaats van haar borst geamputeerd was.

'Kom, laat me je helpen,' zei de medewerker zacht. In het midden van de bh, aan de achterkant, greep de elastische stof in elkaar als de puntige tanden van een alligator, om en om in elkaar passend. Ze stulpte de haakjes naar voren, zodat de kaak zich opende. 'Sorry dat ik het vraag, maar zijn je lymfeklieren ook verwijderd?'

Opnieuw kon ze alleen maar bevestigen, met een nauwelijks merkbaar knikje van haar hoofd.

'Dan geeft deze bh een goede drukverdeling om vochtophopingen te voorkomen.'

Ze draaide zich om en stak haar beide armen voorzichtig door de openingen. De medewerker vouwde haar armen rond haar middel en liet haar handen samenkomen bij het kuiltje onder haar borstbeen – daar waar een hartmassage zou moeten plaatsvinden. De vrouw trok even aan de beide stukken stof en haakte de tanden routineus in elkaar. Alsof ze haar insnoerde in een korset met ouderwetse baleinen.

'Haal maar eens diep adem,' zei de medewerkster.

Ze bolde haar buik en zoog haar neus vol lucht, en

zowaar, alles bewoog mee, geen pijnlijk getrek aan haar oksel of druk op het braakliggend terrein waar haar borst had gezeten.

'Ik zal er een tijdelijke wattenprothese in doen, dan kun je kijken hoe het staat met een trui aan.' Voorzichtig trok ze het zakje naar voren en vulde het met een bolletje watten, kneedde het net zolang tot de goede vorm ontstond. Ze kon de adem van de jonge vrouw op haar borst voelen, net onder het kuiltje tussen haar sleutelbeenderen. Zelfs Joachim had nog niet zo dichtbij mogen komen.

Ze bekeek het resultaat in de spiegel. Haar trui viel soepel over de twee welvingen. Ze was altijd tevreden geweest met de bescheiden omvang van haar borsten.

'Dat ziet er mooi uit, hoe voelt dat?'

Opnieuw kon ze niets uitbrengen en staarde naar haar nieuwe borst. Ze keek de medewerker aan in de spiegel.

'Ontspan je schouders eens?' Met haar handen drukte ze de spieren zacht maar gedecideerd naar beneden.

Haar wangen werden nat.

'Draai je eens om?'

Snel veegde ze met de rug van haar hand langs haar gezicht.

'Kijk me eens aan.'

Langzaam deed ze haar hoofd omhoog, over haar ogen lag een waas die haar vertrouwd was. Toen deed de medewerker iets waar ze niet op bedacht was: met een vloeiende beweging trok ze haar trui uit en haakte haar bh los. Wat ze zag trof haar als een stomp in haar maag. Als in een reflex strekte ze haar linkerarm uit en streek met haar wijs- en middelvinger over het maanvormige litteken. De medewerker strekte op haar beurt de hand uit naar de bh met de prothese in de zachte trui en vouwde haar vingers er als een kommetje omheen.

De dood die onder je woont

Technisch gesproken was het niet zijn voortuin, maar hij zat daar alsof hij de koning van de buurt was, op zijn troon van steigerhout. Ik zag hem voor het eerst in het voortuintje naast ons huis waar hij een sjekkie zat te roken. Voor de tijd dat het duurde was dit zijn plek en een knappe jongen die hem daar weg kreeg. Die eerste keer keken we elkaar aan, zijn troebele, waterige blauwe ogen troffen me, net als de verdiepte denkrimpels in zijn gezicht, vooral de fronslijn boven zijn wenkbrauwen. We knikten simultaan en terwijl ik er 'goedemorgen' uit perste, corrigeerde hij me met een 'goedemiddag' en we moesten glimlachen. Ik rommelde wat met mijn sleutels, stond te schutteren als een verlegen kind en stak de juiste in onze voordeur. Ik keek nog een keer opzij en zag dat Michael, wiens naam ik toen nog niet kende, met diepe halen aan zijn sigaret trok, alsof zijn leven ervan afhing. In zekere zin was dat ook zo begreep ik later.

De volgende dag zag ik hem weer, ik werkte even niet. We wisselden weer een goedemorgen uit, terwijl hij aan zijn peuk zoog, diep inademde en de rook in mooie kringen uitblies. De kruidige geur bleef even voor mijn neus hangen. Het leek een mensenleven geleden dat ik had gerookt. Hij glimlachte, keek naar mijn paraplu en we staken onze handen op waarna ik hem de rug toekeerde en door het tunneltje verdween.

Twee uur en bijna vijftienduizend stappen later was ik terug, mijn hoofd leeggewaaid. Hij zat er nog steeds, of zat hij er opnieuw, wie zal het zeggen. 'Dag buurman,' zei ik zo opgetogen als ik kon. De dood had zich hier tot nu toe anoniem gehouden. 'Dag buurvrouw,' sprak hij synchroon alsof het zo was afgesproken. 'Lekker gewandeld?' vroeg Michael. 'Zeker,' zei ik en ik vertelde kort dat ik alweer een tijd geleden heel hard op mijn hoofd was gevallen bij het skaten. Dat was helemaal niet waar, maar ik moest toch iets zeggen. 'Wat vervelend,' zei Michael.

De andere twee bewoners van het hospice zag ik nauwelijks, ik keek weleens naar binnen en zag dan vrijwilligers in de woonkamer met de cliënten praten – voor zover je het onderscheid kon maken, een glimp van een naambordje –, soms speelde er iemand piano. Omdat ik niet werkte, niet kón werken, nam ik me voor tenminste één keer per dag naar buiten te gaan. Dus trof ik Michael de volgende dag opnieuw op het bankje. Inmiddels stond er een den met lichtjes in de rechterhoek tegen de gevel aan. Het was een bedrieglijk beeld, ik kreeg het niet rond in mijn hoofd. Hoe praat je met de naderende dood? Ik besloot niet bang te zijn en ergens diep van binnen wist ik dat ik hem niet kon afschrijven, nog niet, niet zolang hij zo vredig op dat bankje zat. Michael was de eerste die iets zei: 'Weer aan de wandel?' Ik antwoordde dat het hielp om mijn hoofd wat lucht te geven en pareerde de vraag onmiddellijk: 'Sorry dat ik het vraag, maar hoe gaat het met jou?' Een open vraag leek me goed, dan kon het nog alle kanten op. 'Ik ben trouwens Alice, de bovenbuurvrouw', en ik wees omhoog. 'Michael. Aangenaam.' Michael keek me indringend aan alsof hij wachtte op een vraag, terwijl ik die al gesteld had. Toch ging ik nog een stapje verder. 'Mag ik vragen waarom je hier bent?' Wonen leek me zo'n groot woord. Michael drukte zijn peuk uit in de volle asbak die naast hem stond en keek me opnieuw aan alsof hij een röntgenapparaat was. Ik had de dood van zeer dichtbij meegemaakt, maar niet met een slepend ziekbed eraan voorafgaand. 'Longkanker, tot een week geleden was ik opgegeven,' zei Michael zonder omwegen en met een zekere berusting in zijn stem. 'Ik ging dus naar het AvL voor controles en daar hebben ze me verteld dat het gezwel zich niet zo snel vermeerdert als eerder aangenomen, en afgaande op de scans en andere onderzoeken kwam de boodschap dat ik voorlopig op deze aardkloot zal blijven.' Ik liet een stilte vallen. Zijn adem raspte en hij hoestte in de elleboog van zijn schipperstrui. Ik zag de pijn door zijn lijf trekken als een stroomstoot. Hoe leef je door na een doodsvonnis dat wordt ingetrokken? 'Waar kom je vandaan?' vroeg ik nog. 'De Jordaan, daar heb ik mijn hele leven gewoond. En ik dacht in de Pijp de pijp uit te gaan.' Onwillekeurig lachten we en toen ik richting het tunneltje liep riep hij me nog na: 'Naar de gallemiezen gaan we allemaal!' Ik slikte en concentreerde me op mijn voeten.

*

Ik heb in mijn leven wel geleerd dat een mens meer ellende kan verdragen dan hij denkt.

Michael zou in de achtertuin kunnen roken, net als de andere bewoners, dan zou ik het kiepraam van Fien open kunnen zetten. Iedere keer als ik naar buiten ga, hoop ik dat hij er niet zit. Je zou denken dat ik inmiddels wel gewend ben aan de dood die onder ons woont.

Sinds mijn zus stierf, leef ik in een parallel universum. Er is een wereld waarin zij nog leeft, ademt, bestaat en er is een wereld zonder haar, een wereld van nooit meer. De dood is een personage geworden, met wie ik praat, wie ik smeek om te behouden wie ik liefheb, iedere avond als ik Elsie en Fien over hun slapende bolletjes aai draag ik een gebed op aan de dood dat geen gebed is. Maar tegelijk probeer ik ook toegang te krijgen tot een tussenwereld waar ik eigenlijk niet in geloof maar zo graag in zou geloven. Het kaarsje dat ik iedere dag voor haar brand, een stille handreiking naar die andere wereld waar zij zich mogelijk, misschien, wellicht, heel eventueel zou ophouden. Schopenhauer schreef dat wie geboren wordt weinig zeker weet, behalve dat hij zal sterven, maar hoe en wanneer is ongewis. Mijn zus is in elkaar gezakt en niet meer opgestaan, als een oud ziek dier is ze alleen gestorven. De shocktoestand van de eerste weken is voorbij, maar nog iedere dag sta ik in gedachten aan haar baar, mijn hand tegen haar ijskoude wang. Haar zachte lange haren. De piercing door haar onderlip – oh wat waren onze ouders boos geweest. Mijn dappere zus. Haar handen waren al verstijfd toen ze haar vonden, die hebben de verzorgers netjes onder het laken naast haar prachtige ranke lijf gelegd. Pas toen we een vingerafdruk wilden – wisten wij veel dat dat kon maar het werd aangeboden – hebben we haar verkrampte rechterhand teruggezien, de nagels al helemaal blauw van het dode bloed dat naar de uitersten van haar lichaam gelopen was. Haar oren begonnen ook al te verkleuren, en haar lippen, waarmee ze zo keihard kon schaterlachen. Iedere dag verlang ik terug naar de week na haar dood, met haar nog dicht bij ons. Naar de rust die over ons was neergedaald, het weten dat haar lijden voorbij was. Zo eenzaam, zo ziek, maar zelfs de artsen hadden niet kunnen bevroeden dat ze eraan zou sterven. Toch wordt het gemis elke dag groter als een pacman die happende bewegingen maakt naar de gekleurde spookjes in mijn hart. Ik weet niet hoeveel levens ik nog over heb, maar ik begin al te knipperen.

Het monotone ritme van mijn ene voet voor mijn andere brengt me in trance, witte ruis vult mijn hoofd, totdat alle gedachten en gevoelens op een prettige manier zijn opgelost in de dan weer knalblauw dan weer donkergrijze lucht. Ik heb een aantal vaste rondjes, ik ben een hond die zichzelf uitlaat, ik laat me aan mijn riem meevoeren, maar mis mijn baas. Die zondagavond ging mijn telefoon. Mijn vader sprak die drie gewraakte woorden en ik wist dat het leven nooit meer hetzelfde zou zijn. Ik kromp ineen als een zeeanemoon die aangeraakt wordt en stootte kleine gifstraaltjes uit om me te beschermen. Ik haalde net op tijd het toilet en gaf over tot er niks meer kwam. Ik weet niet hoe ik die eerste nacht ben doorgekomen, maar kennelijk kwam de slaap me verlossen. De volgende morgen was de eerste gedachte: Nee, dit kan niet waar zijn. Alle clichés komen voorbij en ze zijn allemaal even waar als afgezaagd. Ik lees veel 'rouwkost', een prachtige term gemunt door schrijver Connie Palmen en noteerde Epicurus: 'De dood betekent niets, want zolang jij er bent, is de dood er niet, en als de dood er is, ben jij er niet.' Dat gaat over je eigen doodsangst. Bang ben ik niet dat de dood me komt halen, precies om wat Epicurus beschrijft, maar ik ben zo bang dat hij om mij heen loopt en iemand anders pakt, nog iemand dicht bij mij.

De stille verwondering dat alle lichaamsfuncties het nog doen, dat ik adem, slik, zelfs eet zo nu en dan, slaap, huil, huil, huil, dan weer verstar, onbereikbaar ben, dan weer heel erg aanwezig voor het verdriet van de mensen om me heen, een moeder ben voor mijn dochters, een goede dochter poog te zijn die haar ontroostbare ouders troost. Soms stikte ik die eerste week bijna in die dichte smog van peilloos verdriet, machteloosheid, angst en schuld. Dan vluchtte ik naar huis waar ik voor even adem kon halen, tot ik het ook daar niet meer uithield en de trein terug nam, naar dat ouderlijk nest waar een jong was uitgekieperd en dat nu stil en onaantastbaar onder een glasplaat lag die we er af en toe even afhaalden om haar aan te raken. De kou die nazinderde in de huid van mijn handen, en het wezenloze besef dat we haar nu nog konden voelen en dat iedere minuut die verstreek een minuut dichter bij het vuur zou zijn waarin we haar zouden laten gaan. Haar geest die zou kunnen ontsnappen, het definitieve ervan.

Als ik het tunneltje in loop en me door de hekjes manoeuvreer, zie ik hem al zitten. Ik ben zozeer in gedachten verzonken dat ik me los moet rukken van aan wie ik de hele dag denk en waarmee ik niet kan stoppen, maar Michael knikt me toe, alsof hij wil zeggen: toe maar, vertel maar. Maar ik kan het niet. Hem die de dood is aangezegd terwijl de zeis niet heeft gezwaaid vertellen dat mijn ontmoeting met de dood zo ambivalent is als wat. We missen haar, maar ze lijdt niet meer. Dus is er ook opluchting. Lijdt Michael? Heeft hij pijn? Zal hij stoppen met het rokersgif als hij binnen afzienbare tijd weer thuis is?

'Lekker gewandeld, Alice?' Ik schraap mijn keel, slik als een bezetene en duw de tranen ver weg tot het achterin mijn keel zout begint te smaken. Ik haal diep adem en zeg: 'Ja. En jij, heb jij een goede dag?' Michael knikt weer terwijl hij de rook uitblaast. Er glinstert een ringetje in zijn rechteroor dat me eerder nog niet was opgevallen, zijn baard is wat langer, er zit meer rock-'n-roll in. 'Binnen drie weken moet ik naar huis. Mijn zus heeft mijn appartement uit de verkoop gehaald. Alles beter dan het gras op mijn buik laten groeien.' Hij ziet aan mijn gezicht dat het te veel wordt, hij stopt in elk geval met praten. Snel de sleutel in het slot, niet achteromkijken. Boven steek ik het kaarsje bij haar foto aan.

*

Het regent en iedere vezel in mijn lijf verlangt naar buiten, naar het monotone ritme, de staat van niet nadenken. Ik trek mijn regenjas aan, de capuchon over mijn lange blonde steile haar en terwijl ik het slot opendraai, duw ik de deur met mijn rechtervoet open. Blik naar links. Michael lacht zijn gele tanden bloot. 'Some people dance in the rain, while others just get wet.' Hij strijkt een hand door zijn dunne haar en het blijft naar achteren zitten, alsof hij net onder de douche vandaan komt en zijn haren gekamd heeft. 'Rondje Beatrixpark,' zeg ik en Michael knikt. 'En jij?' zeg ik dan toch maar. 'Mijn zus komt zo langs.' Die vervloekte zus van hem. Michael kijkt naar beneden, wrijft herhaaldelijk met zijn linkerhandpalm over de rug van zijn rechterhand. 'Het lijkt wel of ze boos is dat ik niet doodga, ik gooi haar planning maar in de war, maar dat zal me an me reet roesten.' Ik weet niet wat ik moet zeggen dus zwijg ik, daar word ik steeds beter in. Ik bijt mijn tong af en slik mijn zus door en al die woorden die als zweet uit mijn poriën stromen.

Als ik terugkom is Michael een verzopen kat. Naast hem staat een grote tas met een vuilniszak eroverheen. Zou hij nog steeds zitten te wachten op zijn zus? 'Hé Alice, wat doe je eigenlijk voor werk?' vraagt hij met een uitgestreken gezicht. 'Ik was schilder, huisschilder.' 'Oh, dat zie ik helemaal voor me. Ik werk bij een groot kantoor op de Zuidas, vreselijk vind ik het daar.' De regen klettert op zijn natte kop en op mijn regenhoedje. 'Nou Michael, ik ga naar binnen, ik ben nat genoeg voor vandaag.'

Als ik boven het kaarsje aansteek bij de foto van mijn lieve zus, en daarna met mijn druipende regenjas voor het raam ga staan, zie ik dat er een auto komt voorrijden die op de parkeerplaats van het hospice gaat staan. Hij wel, verdomme.

Mr. Sheng

De kleine man die ons door het vliegveld naar de bus toe leidt is een vreemde vogel. Zijn pet staat te hoog op zijn hoofd, zijn broek reikt tot aan zijn middenrif en als we de openbare toiletten passeren adviseert hij ons luidruchtig gebruik te maken van de happy rooms. Laten we hem Mr. Sheng noemen – hij heeft zich wel voorgesteld maar we hebben zijn echte naam niet onthouden en het alsnog vragen zou zeer onbeleefd zijn. Mr. Sheng woont in een van de torenhoge flats die Singapore rijk is en waarvan de aanblik alleen al suïcidale gedachten oproept. Het is niet ver van het vliegveld. Daar brengt hij zijn ongetwijfeld troosteloze avonden door. Mocht hij vrouw en kinderen hebben, wat niet volstrekt ondenkbaar is, dan vermoeden wij dat ze nu vijf jaar getrouwd zijn en dat zij iedere avond op hem wacht. Ze zorgt voor het huishouden, de kinderen (waarschijnlijk twee), en het aquarium. Dit laatste is naast zijn werk als *tour guide* zijn grootste passie en als er ook maar iets met de vissen gebeurt dan zal zijn vrouw het weten. En dan bedoelen we niet dat Mr. Sheng haar zal dwingen van het huishoudgeld nieuwe vissen te kopen.

In de bus begint Mr. Sheng met de officiële rondleiding. Zijn teksten worden de bus in geslingerd maar het beroerde Engels en de krakende luidsprekers boven ons dragen niet bij aan de verstaanbaarheid. Wat ons steeds wel bereikt is zijn korte afsluitende zinnetje: 'Hurray for Singapore, yeah!'

De bus zit vol reizigers met een jetlag, rugzaktoeristen zoals wij zelf. We nemen het ze niet kwalijk dat ze in hun verwarde toestand door het tijdverschil braaf meeschreeuwen. Een kale Duitser begint te filmen. Mr. Sheng begint voorzichtig aan een quiz. Hij kan het zich niet permitteren zijn publiek te verliezen, net nu hij ons zo goed op dreef heeft met zijn 'Hurray for Singapore, yeah!'

We rijden langs de Mandai Zoo en de eerste vraag luidt: hoe kun je weten wanneer dieren in gevangenschap gelukkig zijn? De Duitser roept: 'When they're having baby's!' Mr. Sheng kijkt wat ongemakkelijk en wij onderdrukken de ingeving 'Hurray for Germany' te roepen.

De rest van de quiz bestaat uit vragen die probleemloos door de censuur van de People's Action Party zijn gekomen en benadrukken hoe geweldig het geregeld is in de stad waar we gedurende twaalf uur zijn gestrand. Bij de Thian Hock Keng-tempel mogen we eruit. Reismoe lopen we het verplichte rondje en wachten buiten op Mr. Sheng. Hij raakt steeds meer opgefokt van onze aandacht. Meestal vinden die hippe, jonge rugzaktoeristen hem een eikel. Ze lachen hem uit, doen zijn Engels na en pakken z'n pet af. Als we Mr. Sheng een paar kritische vragen stellen over het autoritaire karakter van de PAP – de tijd lijkt ons er rijp voor – deinst hij achteruit en vraagt wie wij zijn en voor wie we werken. Zijn stem verhoogt, hij maakt een veelvoud aan gebaren, kleine druppels zweet vormen zich achter zijn brillenglazen. Uit zijn brede mond komt alleen nog 'Hurry for Singapore, yeahh!', als een langspeelplaat waarvan de naald blijft hangen. Vanavond zal hij een vis uit het aquarium halen en hem zachtjes aaien tot het geflapper ophoudt.

Ook als wij al lang thuis zijn en ons gewone leven weer hebben opgepakt, leidt Mr. Sheng nog steeds toeristen rond en laat de vernederingen van die verwende lui die zogenaamd op 'reis' zijn over zich heen komen. Misschien fantaseert hij erover een gram of wat skunk in een verdwaalde rugzak te stoppen. Nooit meer dan vijftien gram, anders volgt de doodstraf. De gedachte is al genoeg om hem de dag door te helpen.

Elke dag komt hij rond dezelfde tijd thuis, blaft Mrs. Sheng af, snauwt haar verwensingen toe. Ze vrijen wel maar Mrs. Sheng weet dat het een van de laatste keren is. Mr. Sheng denkt vast dichter bij haar te komen. Wij stellen ons voor dat hij het niet meer wil: overdag zelf afgesnauwd worden, 's avonds de verwensingen doorgeven die hij die dag heeft moeten verstouwen.

Slechts af en toe denken we nog aan Mr. Sheng, als we vakantiefoto's kijken of een sterk verhaal nodig hebben op een feestje. Zouden de vissen inmiddels op zijn omdat er te veel gestreeld moest worden tot het flapperen ophield? Zou hij opgepakt zijn omdat iemand hem hasj in een eenzame rugzak zag stoppen? Heeft hij zich iets onwelvoeglijks laten welgevallen? Iets gezegd dat de PAP niet door de vingers kon zien? We weten het niet, we raden ernaar. We gaan naar ons werk, leggen wat geld opzij en beginnen van een andere reis te dromen. Maar Mr. Sheng laat ons nooit helemaal los.

Op de eerste dag dat Mr. Sheng niet thuiskomt, vraagt Mrs. Sheng zich niet af waar hij is, ze weet het. Twintig gram wiet in zijn werktas. Ze rookt een sigaret. Haar eerste in huis, en zeker niet haar laatste. Het smaakt haar goed. Tevreden kijkt ze naar de toiletpot waar de vissen van haar man krampachtig proberen onder water te blijven om zuurstof te happen. Ze tikt de as af boven de pot, neemt op haar gemak nog een trekje en houdt de spoelknop met de hand die nog vrij is lang ingedrukt.

Oom Karel

Ik was zeventien toen ik hem leerde kennen. We zaten in de achterkamer van het huis van opa Vos. Als kind mochten we niks van opa Vos, zoals we hem steevast bleven noemen. Hij leek er ook wel een beetje op met zijn samengeknepen ogen. Op de bank zitten en luisteren, hij in zijn stoel met die vieze pijp. Het was een prachtig statig huis maar het werd slecht onderhouden, wij vonden de wc in de hal altijd te vies om te gaan, daarom hielden we het op tot we thuis waren. Ik maakte een proefwerk wiskunde en werd uit de klas gehaald door de conciërge. Wiskunde was een nachtmerrie en ik had er niet goed van geslapen. 'Maureen, je opa is overleden.' Opgelucht haalde ik adem, al maanden had ik bijles maar het hielp niets.

Na de crematie kwamen we terug in papa's ouderlijk huis. Het kleine gezelschap verplaatste zich naar de achterkamer die grensde aan een overwoekerde tuin. We aten broodjes en dronken koffie aan de eettafel waar altijd een houten kom met walnoten had gestaan. Dat mocht wel van opa Vos, die noten kraken. Behalve papa, mama en mijn stiefoma die nooit helemaal als een oma had gevoeld, herkende ik mijn tante Jo en mijn twee stieftantes, maar naast mij zat een man die ik niet kende en beleefd als ik was opgevoed, stak ik mijn hand uit en stelde me voor. 'Ik ben Karel, ik ben je oudoom.' Waarom had niemand me dit ooit verteld! Terwijl ik aan mijn broodje kaas knaagde vroeg ik hem hoe dat precies zat. Hij zag er zo zachtaardig en lief uit, met zijn witte haar als een krans om zijn kalende hoofd en zijn lichtroze gladgeschoren wangen. Hij oogde ook helemaal niet verdrietig. 'Ik heb vroeger voor jouw vader en voor tante Jo gezorgd, samen met die mevrouw daar aan de overkant.' Wat!! Nog een familielid erbij?! Iedereen keek op en ik realiseerde me dat ik het hardop uitgesproken had. De vrouw, die Irene heette, stelde zich aan me voor als mijn oudtante, en was al gauw weer in gesprek met mijn stieftantes. De rest van de koffietafel zat ik gebiologeerd naar Karel te kijken en zoals dat soms gaat tussen volstrekt vreemden, ging het gelijk over gewichtige zaken. Karel vertelde met schroom dat hij en Irene geen kinderen hadden omdat ze de verantwoordelijkheid niet hadden aangedurfd. Hij had ooit een baby van de behandeltafel laten vallen in zijn tijd als fysiotherapeut.

'Het kind lag op zijn buikje en normaal gesproken hield ik altijd één hand op het onderruggetje, maar ik raakte afgeleid door een vraag van de vader, keerde me naar hem toe en liet de baby los. Hij moet gedraaid zijn en op de grond beland.' Het kind was even bewusteloos geweest en daarna keek het suf uit zijn ogen. Karel was aangeklaagd door de ouders en vrijgesproken, het was een ongelukkig voorval dat uiteindelijk goed was afgelopen maar sindsdien had hij de baby's door Irene laten behandelen, met wie hij samen een praktijk runde.

Ik op mijn beurt biechtte op dat ik verliefd was op

onze tien jaar oudere buurjongen – ik had niets ernstigers te bekennen dan dat – maar dat ik het de jongen (of man) in kwestie niet durfde te vertellen. 'Wat kan jou dat leeftijdsverschil schelen, ga ervoor, ook al ben je jong, je weet nooit wanneer het afgelopen is,' zei Karel. Hij en Irene waren al achter in de twintig toen ze elkaar leerden kennen, maar hij had er geen gras over laten groeien, haar meteen mee uit gevraagd en binnen enkele maanden was hij op zijn knieën gegaan. Inmiddels waren ze bijna veertig jaar getrouwd.

*

Na de crematie en de koffietafel reden Karel en Irene samen terug naar België, waar ze jaren geleden een eigen huis hadden laten bouwen, net over de grens met Nederland. Ze waren de regelzucht van Nederland ontvlucht en kochten goedkope grond in Vlaanderen. Ze hechtten aan hun autonomie, lieten zich niet leiden door anderen, hielden graag zelf de controle en de regie over hun leven. Een vrijstaand huis in zo'n typisch Vlaams lintdorp met een gigantische glazen gevel. Karel had eraan moeten wennen zo zichtbaar te zijn voor toevallige passanten, maar Irene roemde het licht dat als een vuurbal door het glas de achterliggende woonkamer in schoot. De zon kwam aan de oostkant van het huis op, bereikte haar hoogste punt in het zuiden boven de grote zolder en ging onder in het westen, aan de kant van de welig tierende tuin. Altijd als ze de grens over reden was er dat gevoel van thuiskomen dat ze aan niemand konden uitleggen want wie hadden ze daar nu eigenlijk? Elkaar. Na een moeilijke tijd hadden ze iedereen achter zich gelaten, en dat leek nu al een heel mensenleven geleden.

'Waarom zou Frans Maureen niets over ons verteld hebben? Zou het te pijnlijk zijn geweest?' Irene zweeg even. 'Frans was nou niet de gemakkelijkste puber, altijd maar de grenzen opzoeken.' Stilte. Karel keek uit het raam, hij was blij dat Irene reed. Zo kon hij afdwalen naar halverwege de jaren zestig. Irenes broer (de Vos, zoals Karel hem in gedachten noemde) vroeg hen om de zorg voor Frans en Jo op zich te nemen. Irene zei meteen voluit ja, Karel werd misselijk van de gedachte. Hij, verantwoordelijk voor twee kinderen!

'Ik denk dat de tijd bij ons een heel ongelukkige was. Voor hem hè, bedoel ik, niet voor ons.'

Karel probeerde de elastiekbal aan gekleurde gedachten uit elkaar te trekken, maar de rekkertjes lieten zich niet ontwarren.

'Waarom zeg je niks, wat ben je toch een zacht ei! Je bent zo anders dan die eerste jaren samen. Wees toch eens een vent, laat het achter je! Ik treur toch ook niet over ons kinderloze leven. Dat is een beslissing die we weliswaar samen hebben genomen, maar die voor jou en voor jou alleen uit nood geboren was.' Karel zweeg, zoals altijd wanneer Irene boos op hem werd. Ja, hij was een zacht ei geworden maar dat was niet alleen maar slecht.

'Ik ben geloof ik heel gelukkig om Maureen in ons leven te hebben', en hij keek Irene van opzij aan. Ze vingen elkaars blik die boekdelen sprak. 'Misschien wil ze wel een keer komen logeren,' opperde Irene. Karel voelde zijn ogen nat worden en knikte van ja. 'Een zacht ei ben je, maar dat is beter dan hardgekookt.' Hij slikte in dat Irene haar woede niet kanaliseerde en het verdriet onzichtbaar hield. Konden ze maar wat emoties ruilen voor een beter evenwicht. En toch, ze bleven samen, al die jaren lang.

*

Na de crematie hoorde ik van papa dat oom Karel en tante Irene inderdaad voor hem en tante Jo hadden gezorgd toen het thuis niet meer ging. Oma Vos was destijds opgenomen geweest vanwege hysterie zoals ze dat destijds noemden. Opa Vos was met de kinderen naar Schiedam verhuisd en bracht ze onder bij zijn zus en haar man. Hij moest natuurlijk wel gewoon kunnen werken en zijn kinderen zaten in de weg. Het leek zo ideaal, maar opa Vos verbood zijn kinderen om hun moeder op te zoeken, twee jaar lang moesten ze haar missen. Papa's band met zijn autoritaire vader was al niet heel denderend maar vanaf dat moment botsten ze voortdurend, zelfs op zo'n jonge leeftijd was al wel duidelijk dat papa niet tegen autoriteit kon. Zijn autonomie kwam danig in het gedrang, ook al behandelde opa Vos hem als een volwassene in zakformaat. 'Oom Karel en tante Irene werden uit noodzaak ingeschakeld door mijn vader, zij waren het duidelijk niet gewend voor kinderen te zorgen. Als ik mijn aspergesoep niet opat omdat ik het vies vond, moest ik van tante Irene aan de keukentafel blijven zitten tot het op was.'

'Kunnen we ze niet een keer gaan opzoeken?' vroeg ik. Papa antwoordde dat ze nu in België woonden maar dat we best een keer konden langsrijden. En zo geschiedde. Algauw werd ik gek op deze twee mensen, mijn nieuwe familieleden, die heel erudiet en belezen op mij overkwamen, iets waarnaar ik hongerde als naar water en brood na drie dagen niets eten of drinken. In de jaren daarna bleef ik soms slapen in hun riante huis. Al die ruimtes die niet gebruikt waren als kinderkamers. In al die lange jaren met z'n tweeën hadden ze geen stem gevonden om het lied dat rouw is te zingen.

*

Altijd als Maureen blijft logeren, denkt oom Karel terug aan die zalige maar ingewikkelde tijd met Frans en Jo. Frans die zich tegen de klippen op verzette, zijn slaapkamerraam uitklom en de hort op ging, en de brave Jo die zich voegde naar de nieuwe situatie. Opa Vos die weergaloos onrechtvaardig was en er thuis de zweep over had gehaald. Hun ongemak met de situatie. Jo en Frans waren tien en twaalf en wat hadden hij en Irene nou voor ervaring met kinderen, behalve in hun werk? 'Jij bent veel te zachtaardig voor ze,' schreeuwde Irene in één van hun vele ruzies. 'Die kinderen moet orde en regelmaat worden bijgebracht!' Hij pleegde verzet in het klein, door Frans en Jo stiekem snoep te geven. Frans zat net op het gymnasium en leerde Latijn. Oom Karel overhoorde hem en dacht met weemoed terug aan zijn eigen middelbareschooltijd, zijn ouders hadden nooit tijd voor hem gemaakt. 'En toch ben je er gekomen, jij behandelt die kinderen veel te goed, laat ze het zelf uitzoeken!' hoorde hij Irene in zijn oren tetteren. Maar niks kon op tegen de liefde die hij voelde, geen bloedband want aangetrouwd, maar toch, ze zo dichtbij te hebben. En dat twee jaar lang. Wat een hartzeer toen de kinderen teruggingen naar de Vos. En vervolgens bracht zijn dood hem zijn bijna volwassen achternichtje in zijn leven met wie hij deelde wat hem ook verbond met Irene: hun opgekropte berg aan liefde, het libertarisme, de weelderige tuin, het walnoten rapen en ze kraken, net als dat bij opa Vos mocht. Met het karakter van de oude Vos in zijn achterhoofd nam Karel zich voor de betere opa te zijn, al was hij slechts een oudoom.

*

Bij die eerste logeerpartij op mijn zeventiende nodigden tante Irene en oom Karel me uit voor een diner met gelijkgestemde libertariërs. Ik had me voorbereid met het lezen van *Atlas Shrugged* van Ayn Rand dat oom Karel me had toegestopt en stond uren voor de spiegel te twijfelen wat ik aan zou trekken. Uiteindelijk koos ik voor een rok en een jasje, in stemmig zwart met wit. Ik keek mezelf nog een keer aan en knikte in de spiegel, trok hoge hakken aan waar ik wat wiebelig op liep en voelde me heel volwassen. We kwamen het restaurant binnen en al die mensen keken mij aan, alsof ik mijn debuut maakte in de politiek. Een warme gloed golfde door mijn buik en mijn stem trilde van opwinding. 'Ga maar tegenover mij zitten,' fluisterde oom Karel in mijn oor. We begonnen met champagne, er was iets te vieren: mijn aanwezigheid bij deze bijeenkomst. 'Sur la liberté individuelle et l'autodétermination!' Instemmend gemompel van de groep, de glazen geheven. Ik had nog nooit zo'n geluid gehoord, wist weinig tot niets van de nachtwakerstaat en dat je gekant kon zijn tegen de democratie. Oom Karel en tante Irene hielden er hele andere ideeën op na dan ik van thuis kende, die verzorgingsstaat in het klein. Het deed ze zichtbaar plezier mij te voeden, maar het niet door mijn strot te duwen, als een gans die met een trechter wordt vetgemest. Ik lag pas na twaalven in bed, liet de gesprekken een voor een door mijn hoofd gaan en zette ze af tegen die met mijn vrienden die zonder uitzondering PvdA'ers in de dop waren. Opgroeien was verwarrend maar in mijn jeugdige overmoed had ik net als tante Irene en oom Karel een grenzeloos vertrouwen in de autonomie van het individu. Wist ik dat mijn vader op zijn vijftiende het huis uit was gegaan? Terwijl we een afzakkertje namen alsof het de gewoonste zaak van de wereld was zei oom Karel dat opa en oma Vos na die lange opname vervelend gescheiden waren en papa het niet lang had volgehouden thuis. Daar was zijn zwervende bestaan begonnen, het beeld rees van een bebaarde jongeman in een Afghaanse jas en wijde pijpen die af en toe langskwam om te kaarten met zijn oom en tante en overal en nergens sliep. Totdat hij een kamer vond bij een hospita en hij tegen zijn vaders wens verpleegkunde ging studeren.

*

Karel keek tevreden naar hun slapende achternichtje. Het was even na elven. Ze lag als een baby in foetushouding op haar zij. Hij had de neiging haar over de wangen te strijken, maar in plaats daarvan wekte hij haar voorzichtig en schoof de gordijnen open. Beneden zette hij koffie en bakte broodjes in de gare oven die al lang aan vervanging toe was. Irene dekte de tafel en met z'n drieën kletsten ze wat na over het diner. 'De libertaire partij hanteert een totaal andere benadering van politiek dan de gevestigde partijen,' zei tante Irene terwijl ze haar eitje onthoofde. ('Zacht ei ben je!') 'Traditionele partijen zoeken oplossingen in steeds meer regelgeving en overheidsbemoeienis. Wij willen een minder regelzuchtige overheid die *lean en mean* is en dienstbaar aan de burgers.'

'Maar wat als je niet zelfredzaam bent?' Maureens jeugdige bruine ogen keken op naar Irene. 'De overheid is er voor het minimale en moet veel efficiënter, zodat juist de kwetsbaren geholpen kunnen worden. Maar wie het zelf kan, moet het zelf doen.' Soms hoorde Karel Irene praten en dacht: met wie ben ik in godsnaam getrouwd. Hij draaide de film van gisteravond af: Maureen die haar PvdA-standpunten probeerde te verdedigen en hij die dacht aan oma Vos die het niet zelf gered had. En toch, die overheidsinmenging had zich hun hele leven als fysiotherapeut tegengewerkt. Hij had ook niets aan die overheid gehad toen ze hem hadden aangeklaagd.

*

Mijn leven denderde door, na een paar jaar met de oudere buurjongen – ik had het uiteindelijk toch aangedurfd het hem te vertellen en het bleek wederzijds – kreeg ik een nieuwe partner die als de ware aanvoelde, mijn eerste volwassen baan, we gingen op reis naar India en Zuid-Amerika en samenwonen. Ayn Rand verdween uit mijn gedachten, ik stemde met overtuiging voor de democratie. Nadat tante Irene overleed, bleef ik komen, ik had inmiddels zelf een auto. Het huis herbergde vele geheimen voor mij, en het grootste geheim was de enig overgebleven bewoner. Ik hield ervan om met oom Karel door de verschillende kamers te dwalen. Een kamer met een immens weefgetouw waar tante Irene vroeger zelf stof op weefde, een zolder die nog niet af was en waarschijnlijk nooit af zou komen, en al die boeken in de woonkamer met uitzicht op de tuin die er verwilderd uitzag, maar op een goeie manier, oom Karel liet de natuur graag zijn gang gaan. Hoe ouder hij werd, hoe meer hij over vroeger begon te praten. Eerder had ik hem nooit over de oorlog gehoord, nu kwamen de verhalen. 'Als twintigjarige ging ik met mijn vrienden kijken bij het luchtafweergeschut in Rotterdam, dat in die tijd nog handmatig moest worden ingesteld. We keken of we de boel konden saboteren.' Het beeld van een dappere twintigjarige Karel, met diezelfde twinkeling in zijn ogen als hij over vroeger vertelde, rees op voor mijn ogen. Hij had me nooit over zijn eigen ouders verteld en als ik ernaar vroeg ontweek hij de vraag door over iets anders te beginnen. Ook oom Karel was ooit een baby geweest, al kon ik me dat nu juist moeilijk voorstellen.

Eindelijk dan werd ik op mijn vijfendertigste voor de tweede keer zwanger. Ik was zo blij dat ik hem – pas na drie maanden vanwege een eerdere miskraam – belde. 'Oom Karel,' schreeuwde ik door de telefoon, 'ik ben zwanger!' Stilte aan de andere kant van de lijn gevolgd door een zacht 'Gefeliciteerd'. Ik wist niet wat ik ervan moest denken.

*

Het werd kerst en Jo nodigde zoals ieder jaar de familie Vos uit voor een kerstborrel. Iedereen kocht een cadeautje voor de ander en tante Jo verzamelde die onder de boom die heerlijk naar hars en dennennaalden rook. Een boom met echte kaarsjes, met een emmer water bij de hand. Oma Vos leefde nog en zat in een hoek van de kamer op een gemakkelijke stoel. Ze had haar leven meer in klinieken dan in haar eigen huis doorgebracht en Maureen zag haar slechts sporadisch. Sinds het overlijden van de Vos had ze af en toe ook contact met haar stieftantes die vrolijk en lief waren. Tegen de klippen op vormden ze een geheel, deze dysfunctionele familie, traditiegetrouw lazen ze allemaal een kort verhaal voor en zongen mee met de kerstliedjes van Herman van Veen. Oom Karel had zich bij binnenkomst strategisch opgesteld in de keuken, trillend zag hij haar naar zich toekomen, de dikke buik als een immens ei voor zich uit dragend. Hij mompelde wat over dat hij het druk had gehad met de Libertaire Partij en dat hij niet graag meer zo'n eind reed en opzag tegen het parkeren in Amsterdam. Hij brak toen ze haar armen uitstrekte. Zij antwoordde met dikke zoute tranen, nam zijn zachte hand en legde die op haar buik. Hij trok hem direct instinctief weg. 'Ze schopt al oom Karel, wil je dat niet voelen?' Hij kneep zijn ogen dicht en reikte naar die strakgespannen ronding maar trok op het laatste moment opnieuw zijn hand terug. Maureen probeerde haar gezicht te drogen met een al natte theedoek. Zonder iets te zeggen draaide ze zich om.

*

Terug in de auto van de kerstborrel huilde ik tot we thuis waren. 'Eerst tante Irene dood en nu dat oude trauma. Oom Karel is zo gesloten als een kluis bij de Nederlandse bank.' Mijn lief schakelde naar een hogere versnelling en draaide de snelweg op. Het was stikdonker, de weg had geen lantarenpalen. Ik was blij dat hij reed. Troostend legde hij zijn hand op mijn been en kneep er zachtjes in. De baby was in slaap gevallen waar ze eerder nog tekeer was gegaan: hier ben ik oom Karel, leek ze te willen zeggen. We hadden nergens over gesproken en ik voelde me in de steek gelaten als een vondeling in een vuilcontainer. De rest van mijn zwangerschap probeerde ik hem te negeren, als ik niet aan hem dacht, dan deed het ook geen pijn hield ik mezelf voor. Ik had het moederschap om me op te concentreren.

Na een bloederige bevalling werd onze dochter geboren – de bevalkamer zag er uit als een scène uit *The Sopranos* waarin ze lijken doorzagen in een slagerij. Hij stuurde een bos rode rozen, maar op kraamvisite kwam hij niet. De hormonen gierden door mijn lijf en ik besteedde er die eerste intense maanden verder geen aandacht aan. Mijn leven verdween in een dwingende maar aangename sleur van voeden, eten en slapen. Soms droomde ik dat oom Karel onverwacht voor de deur stond, maar dat gebeurde nooit. Af en toe draaide ik zijn nummer dat ik uit mijn hoofd kende, maar er nam niemand op. Papa was er vaak en kon dan niet ophouden met zeggen dat oom Karel niet zo schijterig moest zijn, was hij nou een echte man? Destijds had hij ook al geen ruggengraat gehad, hij liep zo over hem heen. Voor tante Irene was papa een beetje bang geweest, voor haar woedeaanvallen, maar oom Karel – en hij herhaalde graag de woorden van Irene – was gewoon een zacht ei. Nee dan zijn vader! Hij mocht niet eens verpleegkundige worden omdat dat een studie voor meisjes was, en bovendien geen universitaire opleiding. Hij had hem en Jo twee jaar – twee jaar! – weggehouden bij hun zieke moeder. Aan ruggengraat geen gebrek.

*

Karel vervloekte zichzelf, hij was nu tweeënzeventig, maar hij durfde de confrontatie met pril leven nog steeds niet aan. Dat, en de afstand naar Amsterdam, hield hij zichzelf graag voor. Terwijl er ook libertarische vrienden van Irene en hem woonden en hij het bezoek kon combineren. Irene was altijd zijn drijvende kracht geweest, de turbine die haar stromingsenergie om kon zetten in mechanische energie door middel van een roterend schoepensysteem. Zo kon zijn eigen energie worden aangezwengeld. Hij dacht aan het kleine appartement waar ze woonden, aan het wiegje dat er moest staan, en hoe ontzettend broos zijn achterachternichtje was. Een rilling trok over zijn ruggengraat. Hij keek naar Irenes foto op de schouw en schudde zijn hoofd. Ze zouden vast veel bezoek krijgen, beschuit met roze muisjes waar zijn maag bij omdraaide, veel te veel cadeaus. Als Irene nog geleefd zou hebben had ze vast gevraagd of Maureen borstvoeding gaf en hij had geen idee. Sinds de kerstborrel hadden ze elkaar niet meer gesproken. De telefoon rinkelde wel af en toe, maar hij had de mentale kracht niet om op te nemen, hij bleef een loser. 'Zacht ei!' resoneerde zijn vrouw meerdere malen per dag in zijn hoofd. 'Waarom kun je er niet over praten!' kaatste hij in gedachten terug, de woorden die zich als speren met vergif in de vijand boorden.

*

's Nachts lag ik vaak wakker, te luisteren naar de adem van ons Kaatje, met iedere teug lucht ademde ik uit. Zo net uit het ei voelde ik een angst tot in mijn botten als ik haar in mijn handen had. Het nekje zou zo gebroken zijn, de dunne huid waar de schedel nog niet gesloten was, de kloppende hartslag eronder. Ieder kuchje een beginnende longontsteking, in het babybadje de angst dat ze onder mijn handen zou verdrinken, op het balkon op schoot in de zon het visioen dat ze over de rand zou vallen, dat ík haar over de rand zou laten vallen. Ayn Rand lag op mijn nachtkastje en ik verlangde terug naar mijn zeventienjarige zelf, want hoe zou ik ooit nog de ruimte hebben voor mijn eigen gedachten met dat slapende wurmpje dat zo helemaal en totaal overgeleverd was aan mij en mijn lief, als een nestblijver blind en zonder veren.

*

Karel had ondertussen een paar ansichtkaarten naar zijn achternichtje gestuurd, met alleen de drie woorden: liefs, oom Karel. Maar de telefoon bleef stil van

Maureens kant en ook hij kon zich er na die ongemakkelijke scène in de keuken van Jo niet toe zetten te bellen. Met zijn verjaardag kreeg hij een kaart met felicitaties, alsof er geen aardplaten verschoven waren en bergen tussen hen waren opgerezen. Irenes stem spookte door zijn hoofd, een van de weinige keren dat ze aan het gemis had geraakt: 'Houd er nou eens over op, ik wil door met ons leven!' Haar gespannen gezicht, haar verdriet hard als steen en gepantserd, hij kon daar niet bij, wilde daar ook niet bij. Een gedeeld verlies kan verbinden of vernietigen. Wat had hij zijn vrouw er tegelijk om gehaat en liefgehad.

Iedere nacht weer speelde de film door zijn hoofd, het wit van de praktijkkamer. Maar het kwam niet in hem op daar hulp voor te zoeken. 'Zelf doen' was sinds hij een klein ventje van twee was zijn credo zoals zijn moeder destijds niet kon nalaten opnieuw en opnieuw en opnieuw te vertellen. Het was een van de weinige verhalen die hij over zijn jeugd te horen had gekregen en het was de vorm geworden waarin hij gegoten was. Niet zo verwonderlijk dus dat hij gevoelig was gebleken voor het libertaire gedachtegoed. En Irene werd verliefd op hem en daarmee op het gedachtegoed dat hij niet naliet uit te dragen.

*

Toen onze dochter negen maanden oud was besloten we dat we oom Karel niet langer konden buitensluiten van ons gezinsgeluk en reden we zonder vooraf te bellen naar België. Ik wilde hem verrassen. Kaatje zat in de Maxi-Cosi achter in en ik checkte steeds in het spiegeltje van de zonneklep of ze goed zat, niet stikte in de banaan die ze met haar kleine handjes zat te verorberen. Niet vergeten daar straks even een doekje overheen te halen. Ik was opgetogen en nerveus dat we eindelijk naar oom Karel toegingen. Ik had zijn wijze woorden en grootvaderlijke knuffels zo gemist. Hij wist niet eens dat het lang geduurd had voor ik van de bevalling en het bloedverlies hersteld was. De deur ging open en ik zag een oude man staan, al was hij pas drieënzeventig. Ik had traditiegetrouw een verjaardagskaart gestuurd als enige reactie op zijn ansichten. Terwijl mijn lief Kaatje vasthield, omhelsden we elkaar. Ik rook zijn vertrouwde aftershave en zoende zijn zachte roze wangen. Het huis was er slechter aan toe dan in mijn herinnering. En op de wc dacht ik aan opa Vos en ademde in en uit door mijn mond. Het ging niet meer vanzelf met oom Karel zagen we, we hielpen hem met koffie zetten en probeerden niet te kijken naar de haren van de katten en de stoflaag op elke stoel in de woonkamer, de bekleding nog door tante Irene gewoven. De katten die hij na haar dood genomen had. Ongemakkelijk op die vieze stoelen, vroeg ik voorzichtig: ‘Oom Karel, wilt u uw achterachternichtje in uw armen houden?’ Hij maakte een gebaar dat ik kende van onze reis naar India, een wiebelend hoofd dat het midden hield tussen ja en nee. Mijn lief liep naar hem toe en gaf haar in zijn armen. Oom Karel pakte Kaatje aan onder haar okseltjes en toen liet hij haar vallen.

De onuitzetbare

Het was een koude zaterdag toen Musa Wanjigo in ons leven kwam. Mijn zus had hem op sinterklaasavond meegenomen naar huis. Het rook bij ons naar erwtensoep en draadjesvlees. We keken ernaar uit hem te ontmoeten en zaten als hongerige honden te wachten. Nog voor hij een woord gezegd had ging het al fout. Ik zag hem naar al die vrolijk buitelende zwarte pietjes kijken die mijn moeder aan de schoorsteenmantel had gehangen. Hij trok zijn wenkbrauwen op en wendde zich tot ons. Hij stak zijn grote hand naar voren en begroette ons een voor een, trok zijn mond tot een brede glimlach. Zijn hand voelde warm en droog maar krachtig. We gingen onwennig in een halve kring zitten, hij op de enige stoel bij de haard, wij te dicht bij elkaar op de bank, lazen gedichten voor die mijn zus af en toe voor hem vertaalde, en pakten cadeautjes uit. Buiten vroor het, de katten zaten op de vensterbank te spinnen boven de verwarming. Er werd gelachen om de gedichten, maar met Musa viel haast niet te rijmen.

De volgende keer dat we hem zagen, was bij mijn zus thuis. De weinige spullen die hij had, waren naadloos overgegaan in haar interieur zodat het leek alsof hij er al jaren woonde. Een oude cactus die venijnig prikte. Een paar te grote truien en overhemden in haar kast. Eén paar schoenen waar hij heel zuinig op was. Hij hield zich strikt aan de vijf tijdstippen van aanbidding, rolde in de vroege ochtend, op het midden van de dag, de namiddag, de avond en de nacht zijn gebedskleed uit en gaf zijn tijd aan Allah. Bij mijn zus op haar nachtkastje lag een beduimeld exemplaar van *Islam voor beginners*.

Ze hadden elkaar bij de voedselbank leren kennen, waar mijn zus als vrijwilliger werkte en het was liefde op het eerste gezicht. Later was het zijn humor waar ze voor viel en de geborgenheid die ze had gezocht zonder het te weten. Toch vroeg ik haar, overtuigd atheïst, op een onbewaakt ogenblik: 'Hoe gaat dat dan tussen jullie?'

'Het is jammer dat we geen seks hebben als ik ongesteld ben.' Ze liet een korte stilte vallen. 'En dat hij zoveel weg is met de ramadan.' Opnieuw een stilte. 'En met het vrijdaggebed.' Stilte. 'En dat hij geen wijn drinkt.' Maar dat alles nam ze graag voor lief.

Ondertussen kreeg ik van mijn zus beetje bij beetje zijn vluchtverhaal te horen, ze moest het reconstrueren aan de hand van onsamenhangende flarden die hij zich liet ontvallen, alsof ze steeds een puzzelstukje kreeg maar geen idee had van wat het grote plaatje moest worden. Ze probeerde eerst de randjes te verzamelen, maar kreeg steeds vaker stukjes toegeworpen die zich ergens in het midden moesten bevinden en steeds van vorm veranderden. Er was een familievete, er was brand – getuige de littekens op zijn rug –, er was een clanoorlog, een wilde achtervolging in het bos, doodsangst vermengd met een intens verlangen terug te keren. Er was zoveel dat ons tegenstrijdig en ongelooflijk in de oren klonk dat ik me wel kon voorstellen dat de IND er een potje van had gemaakt. De nachten waren roofdieren die zijn huid aan flarden scheurden, dan doken de demonen op die hem het dorp uit joegen, hem dwongen de lange reis naar Europa te maken, met de hoop op een beter leven. Een veilig leven.

Een halfjaar later hing mijn zus aan de telefoon. Ik kon haar niet verstaan, ze huilde met hoge piepende halen, alsof iemand haar keel dichtkneep. Eenmaal wat gekalmeerd zei ze: 'Musa heeft toegegeven dat hij illegaal in Nederland is, terwijl hij eerder steeds beweerde dat hij statushouder is.' Ze hadden hem vanaf de supermarkt naar huis gevolgd, de mannen van de IND, en de avond nadien hadden ze voor de deur gestaan, op barse toon informerend naar Musa, die trillend op zijn benen stond als een pasgeboren lam en op de voordeur toeliep. Ze namen hem mee naar een detentiecentrum in Zeist, waar hij pas de volgende dag een telefoontje mocht plegen. 'Alles gaat goed, *tout ira bien*.' Na mijn zus nam ook ik de trein, daarna de bus en liep het laatste stuk langs de kant van de weg. De begroeiing werd al geel, de laatste weken waren verzengend heet geweest. Een dode duif lag in het dorre gras. Ik leverde mijn persoonlijke spullen in, liep door de metaaldetector, en werd te wachten gezet in een kleine ruimte, met een drietal andere mensen die zich anders dan ik al onderworpen hadden aan de routine. De linker deur werd gesloten, de rechter ging open, en we werden ieder verzocht plaats te nemen aan een van de formicatafeltjes met oranje stoelen. Ik herkende hem gelijk, al leken ze allemaal op elkaar, met hun oranje hesjes aan die precies bij de stoelen pasten, alsof het bajesklanten waren. Zijn gezicht brak open toen hij me zag, zijn witte tanden en oogwit staken magnifiek af bij zijn huid. Hij had veel gebeden zei hij. Had een koran gekregen. Het eten was smerig, maar hij klaagde niet, want er was tenminste eten. Hij klaagde hoe dan ook niet. *Tout ira bien.* Zijn advocaat had gezegd dat ze hem in detentie hielden om hem beschikbaar te houden voor zijn uitzetting. We kwamen te weten dat Nederland ieder jaar duizenden onschuldige vreemdelingen opsluit in een gevangenis. Niet omdat ze een strafbaar feit hebben gepleegd of daarvan worden verdacht, maar omdat ze wachten op behandeling van hun asielverzoek of op uitzetting. Musa verbleef twaalf tot zestien uur per dag op zijn cel en had geen recht op werk of scholing. Zijn krantenwijk werd overgenomen door zijn oude huisgenoot, met wie hij jaren een kamer had gedeeld in een slechte wijk van de stad. Behalve mijn zus en ik waren er weinig anderen die hem misten. We dronken automatenkoffie uit lichtbruine geribbelde bekertjes en draaiden misselijkmakende rondjes om het enige wat ertoe deed. We wisten dat hij hier maximaal een halfjaar vastgehouden kon worden. Mijn zus was bezig met de Rechtswinkel Migranten en kreeg te horen dat zelfs al zou hij akkoord gaan met zijn uitzetting, die niet kon plaatsvinden omdat Benin hem geen zogenoemde *laissez-passer* zou geven, hem niet erkende als staatsburger. Ondertussen verstreken de weken, waarin mijn zus en ik hem in de weekenden zoveel mogelijk bezochten. We maakten geld over voor beltegoed, voor Snickers uit de automaat. Iedere week zag hij er magerder uit. Als we vroegen hoe het ging, herhaalde hij altijd: *Tout ira bien*.

Onderweg in de trein en de bus vertelde mijn zus me steeds meer over wat ze van hem te weten was gekomen. Als hij met de trein reisde, werd hij er met de kaartjescontrole altijd uitgehaald, rukte de conducteur zijn pet met een ruwe handbeweging van zijn hoofd om zijn foto te controleren. Als hij een keer meereed met een kennis van de voedselbank, werden ze aangehouden en zonder opgaaf van redenen gefouilleerd. De namen die naar hem geroepen werden, vrouwen die als opgejaagde hindes achteromkeken 's avonds op straat. Hoe de zogenaamd onafhankelijke tolk van de IND minachtend naar hem keek terwijl hij met horten en stoten zijn vluchtverhaal uit de doeken deed. Hoe zijn antwoorden verdraaid werden, zijn kans op een verblijfsvergunning met de dag afnam. Na vier maanden werd hij vrijgelaten. Er waren dossiers doorgelicht en er was per individueel geval een afweging gemaakt. Hoelang zit deze persoon al in bewaring, is er een lichter middel mogelijk, is er daadwerkelijk kans op uitzetting? Vanwege zijn status, of liever het ontbreken daarvan, had hij geen recht op opvang.

Hij kwam dus weer bij mijn zus thuis, na de inspanning van de advocaat die zij geregeld had. We zagen hoe hij met zijn ene hand de kapotgekauwde knokkels van de andere hand probeerde te verbergen en andersom. Hoe hij op zijn lip beet. Hoe hij steeds vaker op was 's nachts en begon te dwalen. Ook overdag wist mijn zus vaak niet waar hij was, als hij thuiskwam had hij een holle blik in zijn ogen. De stapel kranten die hij had moeten bezorgen, bleef soms in het kleine rommelige voortuintje liggen, tot hij zijn wijk en het kleine beetje inkomsten verloor. Zijn bidden werd verbeten, en altijd, altijd als we hem vroegen hoe het met hem ging, *tout ira bien*. Zijn Nederlands werd ondertussen steeds beter, hij kocht een Nederlandse koran, zong liedjes tot mijn kinderen in slaap vielen en kon zich verheugen op het sinterklaasweekend met de familie. Musa noemde onze ouders papa en mama. Wij vermoedden dat zijn eigen vader in een stammenstrijd vermoord moest zijn, net als zijn oom. Als hij gebleven was, zou hij in hoge mate van waarschijnlijkheid ook gedood zijn. Het lot van zijn moeder was onbekend, net als dat van zijn broer en zussen.

Het volgende sinterklaasweekend brachten we door in een vakantiepark in Overijssel waar we een huisje hadden gehuurd. We deden spelletjes aan de krappe ronde tafel en vervloekten de bank waar we door de kussens heen de harde randen in onze ruggen voelden prikken. Musa liep rondjes in de woonkamer, vertrok naar de slaapkamer, ging af en toe zitten en stond dan weer op, alsof hij last had van darmkoliek met bewegingsdrang. 's Avonds aan tafel zat hij klein en stil op zijn stoel en schoof met een vork de broccoli over zijn bord heen en weer. 'Wat is er toch?' vroeg mijn zus terwijl ze haar hand op zijn schouder legde.

'Dit servies, de gordijnen, het beddengoed. Precies hetzelfde als in het AZC in Dronten.' We hielden onze adem in. We keken naar ons bord en schepten nog wat broccoli op.

's Nachts hoorden we hem schreeuwen, het licht ging aan en twee onrustige lichamen wierpen verbeten schaduwen op de gang. De volgende ochtend zagen mijn zus en hij eruit als Navy Seals die in de beruchte vijf dagen op rij maar vier uur slapen. Musa's gezicht stond in een krampachtige grijns en mijn zus' schouders zaten bijna tussen haar oren.

Na het weekend ging het snel achteruit. Musa was ervan overtuigd dat de parkeerauto's in de straat er reden om hem in de gaten te houden. Het boze oog had het op hem gemunt. Onderweg naar de supermarkt keek hij steeds achterom en schoot af en toe een portiek in om de mensen die achter hem liepen voor te laten. Hij sliep steeds minder, at bijna niet meer, bracht vrijwel al zijn tijd biddend door in de moskee. Mijn zus verloor haar grip op hem, de enige momenten waarop ze iets voor hem kon doen was als hij thuis sliep en ze zijn natte hete voorhoofd afnam met een koele doek en het raam openzette om zijn kwelgeesten te laten ontsnappen. 's Nachts herbeleefde hij zijn vlucht, zijn voeten bleven rennen, zijn borst zwol op en er was niemand die eenzamer was dan hij op dat moment. Mijn zus ging met hem naar de huisarts, die vermoedde dat hij een ernstige vorm van PTSS had, gecombineerd met paranoïde wanen. Soms raakte hij tijdens het bidden volkomen in trance en herhaalde eindeloos de volgende woorden, het klonk alsof hij ze uit zijn hoofd had geleerd: 'Ik beantwoord de smeekbedes van de smekende wanneer deze Mij aanroept.' Hij kwam op een wachtlijst.

Niet veel later werd hij opnieuw opgepakt door de IND. Althans, dat was het vermoeden toen hij zelfs na een paar dagen niet thuiskwam. Dit keer kwamen we er niet zo snel achter waar ze hem heen hadden gebracht.

Zijn advocaat was zo overbelast dat hij niet eens in staat was enkele telefoontjes te plegen, dus deed mijn zus dat. Na voor de zoveelste keer en steeds wanhopiger haar riedeltje te hebben afgedraaid, bleek dat ze hem in een uitzetcentrum in Rotterdam hadden opgesloten, samen met de onuitzetbaren. Benin wilde hem niet terug, Nederland wilde hem niet meer. Ze zeggen: geen mens is illegaal maar legaal was hij zeker niet. Mijn zus nam tegenover hem plaats en legde haar handen op de zijne. Zijn gezicht werd nat en beschaamd draaide hij zich om. Voor het eerst bleven de woorden *tout ira bien* in zijn keel steken. Eenmaal thuis begroef mijn zus zich in de procedures, zijn rechten en de mogelijkheden om hem weer thuis te krijgen. Ze zou naar Benin kunnen reizen, naar het ziekenhuis waar hij geboren was om zijn geboorteakte op te halen zodat kon worden aangetoond dat hij staatsburger was. Ze zou alles voor hem doen, een verklaring 'geen schijnhuwelijk' tekenen, zijn mogelijk overgebleven familieleden opsporen, nagaan of zijn oude vijanden nog een gevaar vormen. Maar alles in haar verzette zich ertegen hem te verlaten, ze wilde hem tegen haar borst drukken en nooit meer loslaten. Opnieuw nam ze zijn handen in de hare en huilde samen met hem. Hij sloot zijn ogen en zong zacht een Frans slaapliedje, wiegde zijn hoofd bezwerend heen en weer.

Ze merkte per bezoek dat zijn achterdocht zienderogen toenam, hij sliep opnieuw nauwelijks en begon weer excessief te bidden terwijl ze tegenover elkaar zaten. 'Ik beantwoord de smeekbedes van de smekende wanneer deze Mij aanroept', opnieuw en opnieuw en opnieuw. Besloten werd hem naar Veldzicht bij Zwolle te verplaatsen om hem te helpen met zijn psychische problemen. Mijn zus en ik zochten hem daar op, herkenden hem bijna niet meer. Zijn gezicht had een grauwe teint onder zijn zwarte huid, diepe kringen onder zijn ogen die voortdurend van rechts naar links schoten. Zijn kleren een te grote tent om dat sterk vermagerde lichaam. Een riem mocht hij niet dragen. Die ochtend had een andere asielzoeker zich opgehangen in zijn kamer, men was vergeten hem de ceintuur van zijn badjas af te nemen.

Voor hem op tafel lag een beduimelde koran en hij las voor met zijn aandoenlijke Franse accent: 'Het is het begin van een pad naar het kwaad, een pad dat je zal misleiden', en keek ons indringend aan. Hij liet de koffie die voor hem stond koud worden. 'En wanneer Mijn dienaren jou (O Moehammad) vragen stellen over mij: voorwaar. Ik ben nabij. Ik verhoor de smeekbede van de smekende wanneer hij tot Mij smeekt.' Musa sloot zijn ogen en bewoog ritmisch heen en weer terwijl hij de soera's bleef herhalen, zijn handen met de vingers tegen elkaar. Bereiken deden we hem niet meer en ik kwelde mezelf met vragen die ik niet stelde.

Zodra het iets beter met hem ging werd hij direct ontslagen en moest hij weer terug naar Rotterdam. Midden in de tweede nacht zat hij rechtop in zijn bed wartaal uit te kramen, schreeuwde de boel bij elkaar. Mijn zus mocht niet in zijn buurt komen, maar deed het toch. Kon ze maar als een vogel rondjes draaien om zijn hulpeloze hoofd. Toen de crisisdienst kwam bleek het bij doorvragen om een onzichtbaar kwaadaardig wezen te gaan dat volgens hem de gedaante van mijn zus had aangenomen. Deze djinn met het boze oog was lastig te bestrijden, we brandden wierook en strooiden met zout maar het mocht niet baten. Hij wilde haar niet meer zien. Met gebrek aan liefde had dat niets te maken.

Polaroid

Vroeger had ik een broer. Ik weet niet waar hij nu is. Of hij gelukkig is, of nog lijdt. Ik had een broer die geen vrienden mee naar huis nam en me niet beschermde tegen de pestkoppen op school. Ik had een broer die vanaf zijn geboorte tweeëneenhalf jaar lang zweeg en daarna in volzinnen begon met praten. Het was een engeltje om te zien weet ik van foto's, met blonde pijpenkrullen die er al snel uitgroeiden. Hij deed zout op slakken, trok poten uit muggen, stak brand in een mierenhoop. 'Kijk, zo doe je dat.' En ik kijken hoe de dieren ineenkrompen. Dezelfde jongen die wonderschoon pianospeelde. Op zijn zeventiende behaalde hij met Kyokushin-karate, de zwaarste Japanse variant, de zwarte band eerste dan. Een uitzonderlijke prestatie waar we heel trots op waren, maar wat verlangde ik naar een gewone broer, liefst één met krullen.

Ik hoor hem nog gillen. Het eerste incident waar ik bij was. We stonden in zijn tuintje met een kop koffie naar de bloeiende magnolia te kijken, die hij onlangs had geplant. De schop stak nog in de aarde, dicht bij de schutting. Ik zag zijn kopje vallen en hij begon aan iets wat op rennen leek, maar verstijfde. 'De mannen, ze zijn hier,' fluisterriep hij zonder zijn lichaam nog te bewegen. Zijn opengesperde ogen gericht op iets achter mij. Ik keek over hem heen naar de schutting maar zag niets. Even plotseling als de verstarring gekomen was – een variant op vluchten of vechten leerde ik later – werd de playknop weer ingedrukt, rende hij naar binnen en gooide de deur van de wc in het slot. Toen begon het gillen en ik probeerde er tegenin te schreeuwen, maar hij was totaal onbereikbaar. Terwijl ik de klink tevergeefs omlaag en omhoog bewoog, bonkte hij met zijn vuisten op het hout. 'Ze zijn niet echt, niet bang zijn!' riep ik en ik bleef het herhalen tot mijn keel schor was en hij met zijn elleboog het bovenruitje aan diggelen sloeg. Glasgerinkel. Hij moet op de wc-deksel zijn gaan staan want hij wrong zich op zijn buik over de paar achtergebleven scherven heen en liet zich vallen, een spoortje bloed achterlatend.

Niet veel later belde ik hem, we zwegen meer dan we spraken en dat was oké geweest, als zijn gegil niet nog steeds weerklank gaf. Het bleef op me drukken als een loden schort dat röntgenstralen tegenhoudt. Je benen zijn verlamd, je armen proberen dat massieve gewicht van je lichaam af te halen, maar dan breekt het zweet je uit van de gedachte alleen al en begint het zwijgen en malen weer van voor af aan. We hingen altijd op dezelfde manier op, met 'we bellen snel weer' en een vluchtig 'ik houd van je' van mijn kant, zonder enig idee wanneer we elkaar weer zouden horen of zien. Schaamte en machteloosheid zijn een bijtend gif dat zich niet laat neutraliseren door liefde. We probeerden het, dat wel.

Zo waren er eindeloze kaartavonden, bezoekjes aan de bioscoop en de filmplots die hij met smaak navertelde. Vakanties in de Ardennen, in Duitsland, op avontuur met zijn fiets door de duinen. Samen met de trein naar Praag, slapen op de aan ons vastgeketende rugzakken, struinen door de Staré Mesto.

Andere uit mijn hoofd getuimelde herinneringen. Hij ging vissen en ik ging mee. Zijn hengel mocht ik niet aanraken, het visnet wel. Mijn kleine handen pasten met een beetje moeite tussen de mazen. Het nylon liet na terugtrekking rode striemen achter. Zondag na zondag vond ik schubben in de mouw van mijn trui. Je zou zeggen dat ik hem beter leerde kennen op die stille dagen langs de rand van het water. Voor een deel is dat zo. De kromming van zijn rug, zijn eeltige handen, zijn blik als hij met een voorn een snoek ving en later toen hij trots aan het grote werk begon: het karperen. Praten deden we niet veel. Daarmee joeg je de vissen weg. Toen hij me oud genoeg vond gaf hij me een kleine polaroid, zodat ik zijn vangsten vast kon leggen. Het zijn de weinige foto's waarop hij lacht.

Vanaf het moment dat we op onszelf woonden, hij eerder dan ik, troffen we elkaar soms op verzoek van onze ouders in het huis dat we geen thuis meer noemden. In die oude gezinssamenstelling wisten we ons tot elkaar te verhouden. Hij was de oudere broer, maar hij gedroeg zich er niet naar. Zijn haar wat langer dan de laatste keer dat ik hem zag, maar krullen wilden er maar niet in komen. Rode plekken van het slordige scheren. We kusten elkaar vluchtig, zijn stoppels prikten. Een vleug aftershave die me volwassen voorkwam. Hij volgde me naar de keuken, waar ik hete thee voor hem neerzette. Op zachte toon hoorde ik de verwijten vanuit de woonkamer tussen mijn ouders heen en weer gaan. Toch ving ik het een en ander op. 'Waarom zien zij elkaar niet vaker?' En: 'Heeft hij dan helemaal geen vrienden?' Ik had ons willen verdedigen, maar hoe? De waarheid is dat ik hem niet kende, niet wezenlijk. Hij was mijn ongenaakbare broer, in mijn dromen heeft hij krulhaar. Wat ons bond is duidelijk en de rest scheidde ons.

Toen we klein waren dacht ik dat we samen speelden. Maar nu realiseer ik me dat hij werkte en ik hem volgde. We verkenden alle tuintjes in de buurt, hij voorop met schep, ik erachteraan met snottebellen. Honderd tegels telde ik van tuin naar tuin naar tuin. Mijn blik op hem gericht als ik klaar was met tellen. De voortuinen waren het gemakkelijkst. Omspitten, onkruid wieden, de bladeren bijeen vegen. Het betaalde vast niet veel maar voor mijn broer was het genoeg. Zijn vuile handen in de aarde, groene vlekken op zijn knieën en zijn zusje dat naar hem keek. Maar als ik bij de thee in de keuken begon over die middagen die eindeloos lang leken te duren, dan kwam er niets. 'Mevrouw De Groot, herinner je je die nog?' Het vraagteken bleef tussen ons in hangen.

Jaren later. We wonen allebei in een andere stad. Hij zo ver mogelijk van dat vroegere thuis vandaan. Hij leert de tekens van een andere taal, ik verdiep me in de mijne. Het Japans kent steeds minder geheimen voor hem, hij heeft er des te meer voor de mensen om hem heen. Ik stel me voor dat we allebei in stilte eten. De enkele keer dat ik op zijn studentenkamer kom, doen we de afwas zonder te koken, de vieze bakjes van de Chinees zullen te lang op het aanrecht blijven staan.

Ik weet dat hij er is, mijn broer. We hebben elkaars telefoonnummer, bellen doen we niet. Van mijn moeder weet ik hoe het met hem gaat, en toch. Overdag kan ik hem vergeten. Er zijn lessen, wandelingen, opdrachten, sociale verplichtingen. Iedere avond ga ik achter mijn bureau zitten en lees. 's Nachts droom ik zijn leven.

Op een gegeven moment hield ik op hem te volgen naar de tuinen, naar het water. Het moet rond de tijd zijn geweest dat ik zijn kamer niet meer in mocht. Ik begreep dat mijn broer tijd voor zichzelf nodig had. Maar wat ik niet begreep, is dat hij in die uren onder zijn bed ging liggen. 'Ik oefen in ledigheid', was zijn verklaring, terwijl ik alleen maar wilde weten waarom hij niet óp zijn bed ging liggen. De keer dat ik zijn kamer binnenglipte – het moet op een zondag geweest zijn, als hij in zijn eentje ging vissen – en snel onder het bed dook, is voor altijd in mijn geheugen opgeslagen. Waar ik vieze sokken, pakjes shag, lege bierblikjes, ja zelfs pornoblaadjes verwacht had, was de vloer bezaaid met gele post-its, kleine notities aan zichzelf. Alles in schreeuwerige hoofdletters. LUISTER ALS ANDEREN PRATEN / HOUD JE RUG RECHT / EET GEZOND / OVERDRIJF NIET / VERGEET DE NACHTMERRIES. Ineens hoorde ik hem de kamer binnenkomen en zo trof hij me aan, steunend op mijn ellebogen, mijn achterste in de lucht, mijn achterhoofd over de matrasspiraal schurend. Ik kroop op m'n knieën achterwaarts onder het bed uit. Daar houdt de herinnering op. Het ene scenario is dat zijn blik voldoende was me naar buiten te sturen. In het andere scenario is er een explosie van geweld. Vreemd genoeg was het dat eerste scenario dat me wakker hield.

De dagen en nachten rijgen zich aaneen, als een ketting madeliefjes. En dan kan ik hem niet meer volgen, ook 's nachts niet. Ik weet niet waar ze hem mee naartoe hebben genomen. Ergens waar het stil is en wit, vermoed ik, waar de deuren op slot zitten en karretjes met koffie rondgaan. In de universiteitsstad heb ik niets te zoeken. Het is zomer en de terrassen worden bevolkt door jonge mensen. Ik loop over drukke grachten, onderdruk ondanks de warme zon op mijn rug een rilling en sla mijn jasje nog wat strakker om me heen. Als ik hem denk te herkennen in de spiegeling van een etalageruit ben ik niet verbaasd, we hebben dezelfde trekken. Ik mis hem, maar weet niet of hij die emotie kent. Wat zou het leven eenvoudig kunnen zijn. Iemand niet te missen zoals je een nier mist.

En dan komt het telefoontje. Mijn vader is kort en zakelijk. Zijn afdeling is gesloten maar er zijn bezoektijden.

Stil en bleek zit mijn broer tegenover me. In de hoek, zodat hij de ruimte goed kan overzien. Als ik zijn ogen zoek, is het of hij probeert te kijken naar iets achter mij. Zijn pupillen schieten heen en weer, opgejaagde stippen, de beweging die past bij een achteruitrijdende treinreiziger. Ik zie dat hij iets ziet wat er niet is. Hopelijk is het dit keer maar één man. Voor ons staan twee plastic bekertjes, koffie voor mij, water voor hem. Hij probeert een slok te nemen. Het water volgt het opgedroogde slakkenspoor dat over zijn kin loopt, zijn nek in. 'Gaat het een beetje, heb je kunnen slapen vannacht?' Hij zwijgt. Na een half uur staat de te grote jas die zijn lichaam is op en hangt wat tegen me aan in een poging tot een omhelzing. De geur van zweet. Zijn jas is heet vochtig, alsof hij te vroeg uit de droger is gehaald. Ik probeer het zuur dat omhoogkomt weg te slikken. En ik sla mijn armen om zijn bonkige rug. Zijn armen blijven langs zijn lijf hangen.

In de maanden die volgen zoek ik hem iedere week op. Maar het had net zo goed bij één keer kunnen blijven. Iedere week, op dezelfde dag, om dezelfde tijd schakel ik mezelf uit en ben ik louter omhulsel. Ik zet de ene voet voor de andere, mijn lichaam verplaatst zich van de hal naar de kille ontvangstruimte. In de zesde week lopen we met z'n tweeën de tuin in. Dat is een vrijheid die hij verdiend heeft, zo legt een stevige vrouw in het wit me uit. Ze draagt rode sandalen. Een stukje braakliggende grond, klaar om omgewoeld te worden met de schop die eruit omhoogsteekt. Ik zie het te laat. Dat wil zeggen, na hem. Hij tolt en tolt rond en zijn mond spuwt onbegrijpelijke zinnen uit. Overal is zand. Wat er daarna gebeurt probeer ik iedere nacht te wissen door er de polaroids van het vissen overheen te schuiven.

Ik kan proberen te beschrijven hoe het is om iemand zijn wezen te zien verliezen. Maar het zal nooit in de buurt komen van wat ik die dag zag. Als het voorbij is – net zo onverwacht als de orkaan gekomen is, gaat hij weer liggen – valt hij uitgeput op de grond neer. Hij spuugt nog wat zand uit en komt zwijgend overeind. De verpleging die in allerijl is toegestroomd probeert hem te kalmeren, wat vreemd is, want hij is kalm, ijzig kalm. De vrouw met de rode sandalen noemt het een doorbraak, een eerste stap naar herstel.

Na vier maanden wordt hij ontslagen. Niemand die zich bekommert om hoe het verder moet. Hij kan nergens heen, dus gaat hij terug naar ons ouderlijk huis waar hij niet op maar onder zijn bed ligt. Ik staak mijn frequente bezoeken. Ik treed niet binnen in zijn ruimte, er zijn anderen die verantwoordelijk voor hem zijn, dus ben ik het niet.

De maanden daarna gaat de herfst onmerkbaar over in winter. Ik neem me iedere dag voor hem te bellen. Iedere dag denk ik: hij heeft mijn nummer ook. Hij kan heel goed alleen zijn. Of zeg ik dat slechts om mijn groeiende schuld en onrust te bezweren? Toch zijn er mensen die hem nodig hebben. Ik heb hem nodig.

Een visser en zijn maat vinden een hand verstrikt in de mazen van een groot leefnet. Er blijkt een lichaam aan vast te zitten. De huid is wit en zacht, maar hij is het, onmiskenbaar. Het telefoontje komt opnieuw van mijn vader. Wat volgt is administratie. Alle emotie wordt afgeboekt. We zijn een gezin min één, en regelen alles tot in de puntjes. Alsof het nog niet te laat is. Ik vraag de muizige vrouw die de verzorging op zich neemt of we hem nog kunnen zien. Ze aarzelt, raadt het ons af en zegt: 'Herinner je hem als de broer die hij was. Hij had vast prachtige krullen. Net als jij.'

Ibis

Er is een complot. Zijn telefoon is ook al weg. Te wijten aan zijn eigen slordigheid, zeggen de anderen. Maar Antonius is niet gek, hij voelt het toch. Hoe ze smoezen in de gang, de gesprekken die verstommen als hij binnenkomt. Hij is niet achterlijk. Hij is geen klein kind. Er gebeuren onverklaarbare dingen. Ze proberen zijn euforie in te dammen, hem terug op aarde te krijgen.

In zijn hoofd gaat de schommel van hoog naar laag. Een kleine jongen met mollige knieën en blonde haren klemt zijn vingers stevig om de piepende kettingen. Hoog is de wereld helder en scherp en dringen de details zich aan hem op. Kleine druppels zweet duwen zich door de poriën op zijn voorhoofd. Alsof er een vergrootglas op gericht staat, zo helder fonkelt de zon in die druppels. Hij ziet de blaadjes aan de bomen, het licht dat de nerven zichtbaar maakt als aders in een afgeknelde arm. Hij ziet zijn kale neuzen steeds weer boven de huizen uitsteken. In de dakgoot blinkt, schittert iets. Hij wordt langzaam licht in z'n hoofd. Zijn benen zijn niet langer meer van hem. Zijn wangen hangen bloedeloos aan zijn gezicht geplakt. Laag is alles moeilijk, donker, zwart. Een gewatteerd pak omhult hem. Niks dringt nog door van zijn omgeving. Zijn blik keert zich naar binnen, hij wil wel schreeuwen maar is daar niet toe in staat. Als hij valt, valt hij hard, verwondt hij zich aan zijn eigen scherven.

Vanmorgen – of was het de dag ervoor – kwam er een man aan zijn bed. Antonius realiseerde zich vagelijk dat er kwijl uit zijn mond liep, dat hij zich ervoor geneerde. Hij probeerde de juiste woorden te vinden, want het was belangrijk, dat weet hij heus nog wel. Waarom liet de helderheid van zijn gedachten zich niet vertalen naar zinnen? Ze willen hem een kans geven, zegt de gestalte die inmiddels plaats heeft genomen op het uiteinde van zijn bed. Deze man spreekt in codetaal. 'Vertrouwen is een groot goed,' zegt hij, 'er dient altijd in het belang van de patiënt gehandeld te worden.'

'Ik ben geen patiënt, dat is een misverstand.' En dan, zachter: 'Als ik het uitgangspunt ben, laat me hier dan weggaan.' Maar er is te veel gebeurd, werpt de man tegen. In haar belang zit hij hier. Hij houdt toch van haar, hij wil haar immers geen pijn doen? De man reikt hem een papier. Hij knijpt zijn ogen stevig toe en opent ze weer. De hele kamer draait. De man zegt dat het goed is, dat hij rust verdient, dat hij te hard gewerkt heeft. Allemaal voor haar ja, allemaal voor haar, alleen voor haar. En voor zijn zoon, ja, en voor zichzelf. Hij voelt de pen in zijn hand maar tekent niet.

Het moet ruim een week geleden zijn geweest dat er twee mannen aan de deur stonden. Onbegrepen en verloren voelde Antonius zich in zijn hemelse paradijs waar te vaak op een dag de duivel in kwam stoken. Onbereikbaar en toch zo kwetsbaar in zijn eigen luchtkasteel. De wereld is een grote bonk onbegrip, waar hij steeds onherstelbaar zijn hoofd aan stoot.

Eerst was daar het gesprek, boven. Ver van hen die beneden wachtten, zijn vrouw en zoon. Na tien minuten al kwam Antonius naar beneden, briesend, schreeuwend, stampend, jankend. ‘Ze willen me laten opnemen, ze willen me laten opnemen!’ En dan volkomen strak: ‘Als jullie me dit aandoen, dan wil ik jullie nooit meer zien. Dat jullie dit toestaan, dat jullie je eigen vader, je eigen man op laten nemen, het is toch van God geklaagd!’ Ondertussen hoorden ze de psychiater en zijn assistent op de trap naar beneden.

Langzaam opent hij zijn ogen. Zijn oogleden plakken hinderlijk waardoor het even duurt voor hij zich realiseert waar hij is. Een beroerde, droomloze absentie. Zijn hoofd is zwaar en zijn rug is nat, alsof hij zich niet goed heeft afgedroogd. De wieltjes onder zijn nachtkastje staan naar rechts gedraaid. Zijn benen hangen over de rand van het bed. Hij denkt erover op te staan, maar zijn gedachten liggen braak als een omgeploegde akker. Als hij zich een ogenblik later met zijn handen op de rand van het bed afzet en steun zoekt bij het nachtkastje, schuift het van hem weg. Hij schuifelt naar de wastafel. Laat zijn dikke vingers rusten op het koele steen van de spoelbak. De spiegel. Een man, de vijftig net gepasseerd. Grijze, gekrulde slapen en een verwrongen grijns. Hij is de duivel. Dat niemand dat ziet.

‘U moet proberen in bed te blijven, meneer Breedveld.’ De nachtverpleger glimlacht bedaard en dirigeert hem naar zijn bed. ‘Martijn, zeg nou Antonius. Ik heb zo’n hekel aan dat gemeneer.’

‘Mag ik u iets vragen?’

‘Zeg nou je.’

'Ik zal het proberen.' Opnieuw dat lachje.

Antonius vindt het maar een raar gesprek. Daar zit je dan, te midden van al die vreemden, die je eerst nog moet uitleggen hoe je aangesproken wilt worden, hoezeer je ook afhankelijk van ze wordt gemaakt. En dat terwijl er niets aan de hand is. Gewoon wat te hard gewerkt. Hij begrijpt werkelijk niet waar iedereen zich zo druk om maakt. Dat schaarse bed dat hij bezet houdt.

'Hoeveel nachten heeft u nu al niet geslapen?' Antonius geeft het op, blijkbaar is hij iemand tegen wie men u zegt. 'Slapen doe ik wel als ik dood ben.'

'Als u, ik bedoel je, niet uitkijkt, dan ga je straks nog echt dood van het gebrek aan slaap. Ik zal je nog wat extra's geven, zodat je eindelijk een beetje kunt slapen.' Antonius aarzelt, kijkt bedachtzaam op de klok en knikt uiteindelijk kort. Zijn handen beginnen te trillen, het brandt achter zijn ogen. Martijn stapt de gang op om de pillen te pakken en draait zich weer om. 'Hier, neem dit maar.' Ze kijken elkaar strak aan. Antonius neemt de tabletjes op z'n tong en slaat het met een korte beweging van zijn hoofd en een beetje water naar achter. Hij gaat zitten. Het klamme van het dekbed dringt in zijn dunne pyjamabroek, hij schuift de sloffen van zijn voeten en draait zijn benen het bed in. Hij probeert zichzelf te kalmeren, zijn ene hand vindt de andere, knijpt er zachtjes in. De woede over de macht die hij Martijn over hem laat hebben verdwijnt in een scheur in het plafond. De vrouw in de kamer naast hem schreeuwt. Eerst is er gestommel op de gang, het slaan van deuren en dan het weke schijnsel van de kamerlamp op de gang. De nachten zijn nog erger, denkt hij, terwijl hij langzaam wegzakt.

Nog twee dagen. Hij heeft zijn handen nauwelijks onder controle, waggelt door de gang. Waar is zijn telefoon? Hij heeft een bedrijf draaiende te houden verdomme! Hij moet de beloofde transacties in gang zetten, laptops, auto's bestellen, arbeidscontracten de deur uit doen, een datum voor de lancering prikken. Nog zoveel te doen. Hij begrijpt best dat zij het niet meer volhoudt, het is ook bijna niet te overzien. Zijn meesterplan is te mooi om waar te zijn en toch is het waar. Het lijkt wel of alle vloeistof in zijn lichaam één kolkende massa vormt, een bruisend stuwen naar zijn hoofd. Steeds als hij denkt dat het nu toch tot een uitbarsting zal komen, neemt de duizeling weer af, zakt het bloed terug naar zijn voeten, om opnieuw, al borrelend en kokend de weg naar boven te vinden. Als hij maar een telefoontje kon plegen, eentje maar! Maar wie kan hij nu nog vertrouwen? De directeur van Cooper Walkers? Hij schuift braaf aan in de rij voor de verpleegpost voor zijn medicijnen. Probeert de hoofdverpleegkundige te spreken te krijgen. Hij weet waar hij recht op heeft.

De kiestoon gaat over, Antonius veegt de trage draden van zijn kin. 'De heer Breedveld hier voor de heer Stevensen. Het is van het grootste belang dat de heer Stevensen mij binnen het komende uur terugbelt. De naam is Breedveld, ik ben te bereiken op...' De hoorn wordt uit zijn hand getrokken. 'Dat telefoontje was bestemd voor uw advocaat, meneer Breedveld. Wij zullen hem informeren dat hij u kan bezoeken. Ik zal u terugbrengen naar uw kamer, dan kunt u daarna in bad.'

Een bad nemen? Hij heeft wel wat beters te doen. De to-dolijstjes flitsen door zijn hoofd, evenals de bankrekeningnummers, de wachtwoorden en calculaties. Hij moet nog zoveel doen. Onderhuids raast het, maar er komt een zware deken over, een wegglijden als in een narcose. De gedachten buitelen over elkaar heen, bad, auto, casino, contracten, advocaat, zitting. Nog zoveel te doen.

Als hij weer bijkomt heeft hij even geen idee waar hij is. Lichtvlekken dansen over de kale muren, zo helder dat het pijn doet aan zijn ogen. Verder herkent hij de contouren van een kast en een raam, waarachter hij een jonge berk ontwaart. De takken veren in de wind, de oorzaak van het dansende licht. Ook staat er een stoel waar slordig een handdoek overheen ligt. Aan de kast hangt een maatpak. Het is zijn pak en het komt hem vreemd voor dat hij het niet draagt, alsof hij zijn lichaam ziet hangen in dat versgeperste kostuum. Hij komt steunend overeind, probeert van het bed te schuiven maar als hij wil gaan staan, is het of zijn benen van rubber zijn en hem niet toebehoren. Het is een kwaadaardig misverstand dat hij hier is. Hij moet een bezwaarschrift schrijven en alvast aan zijn autobiografie beginnen. Het is van het grootste belang dat zijn meesterplan wordt veiliggesteld. Zijn vrouw en zoon kan hij niet vertrouwen, misschien kan iemand hier het voor hem naar buiten smokkelen. Hij moet contact maken met de echte patiënten die onbegrijpelijk genoeg meer vrijheden hebben dan hij. En hij moet zijn eigen advocaat spreken, in plaats van die van het ziekenhuis, want wat heeft hij daar nu aan? Hij moet zorgen dat hij zijn telefoon weer terugkrijgt. De gedachten volgen elkaar razendsnel op, het is niet bij te houden. Papier heeft hij nodig, een pen, of liever nog zijn telefoon, dan kan hij zijn gedachten dicteren.

Als de verpleging is langsgeweest – niet Martijn, een grijze muis met dunne lippen – neemt hij toch de pillen in. Zeven nachten heeft hij niet geslapen, de weken daarvoor slechts enkele uren per nacht. Hoewel hij zich geweldig voelde, hoeven ze hem niet te vertellen dat geen mens dat eindeloos kan volhouden. Hoewel, voor hem lijken andere regels te gelden. Hij won voortdurend bij het blackjacken, zette steeds hogere bedragen in en won, won, won. Kreeg aandacht van prachtige vrouwen die allemaal geïnteresseerd waren in zijn meesterplan. Maar hij hield z'n mond, het kostte hem een bovenmenselijke inspanning maar hij wist dat hij zijn geheim niet mocht prijsgeven. Het is haar schuld dat hij hier zit. Hij neemt een kostbaar bed in, de plek van iemand die het echt nodig heeft. Zijn gedachten zijn kleine envelopjes met vleugels, ze schieten alle kanten op, leveren boodschappen af, maar voor hij de kans krijgt de tekst te doorgronden vliegen ze alweer verder. En al die schitteringen die rechtstreeks in zijn netvlies boren en gekatapulteerd worden naar de hersenen, ieder geluid dat zonder tussenkomst van zijn oorschelp op het trommelvlies komt slaan. Het zonlicht is niet te verdragen, de schoonheid ervan maakt hem naakt en weerloos. In een zojuist ontsproten knop aan de boom – in versnelling afgespeeld zoals in een natuurdocumentaire – ziet hij Gods kracht zelve weerspiegeld.

De volgende ochtend begint met een aarzelend kloppen op de deur. De advocaat is er, niet zijn eigen. Morgen is het zover. Antonius heeft een briefje met vragen voorbereid, maar hij heeft moeite zijn eigen handschrift te ontcijferen. Tot zijn ergernis is de advocaat een rustige man, die Antonius kalm in zich opneemt. Hij komt volgens Martijn een inschatting maken of de diagnose die de externe psychiater hem heeft gegeven klopt. Welke externe psychiater, het wordt steeds gekker zo! Het gesprek werkt Antonius op de zenuwen, hij zou *in charge* moeten zijn, maar het neemt een volstrekt verkeerde wending. Hij zou geen ziekte-inzicht hebben, zijn medicijnen weigeren. Zijn huidige geestestoestand zou een acuut gevaar voor hemzelf en voor anderen opleveren. Zijn vrouw zou eraan onderdoor gaan, hem 's nachts uit casino's moeten ophalen omdat hij weer grote schulden heeft gemaakt. Het gezin is bijna failliet en het voortbestaan van het bedrijf hangt af van de welwillendheid van investeerders. Een kleine misser vergeven ze de succesvolle Antonius Breedveld wel – vorig jaar nog won hij de innovatieprijs voor het nieuwe beleggen, sloot hij meer deals dan ooit tevoren – maar hij hoort dat ze vinden dat het hem naar het hoofd is gestegen. Met de ibis in handen heeft zijn vrouw zijn privérekeningen geblokkeerd en beslag geprobeerd te leggen op enkele privé-investeringen om te voorkomen dat ze straks hun huis uit worden gezet. De advocaat legt hem omstandig uit dat het wenselijk is dat hij zelf bij de zitting aanwezig is morgen. Daar zal hij dan maar aan voldoen.

'Antonius, ik moet je dit officieel vragen. Heb je er bezwaar tegen dat er informatie wordt opgevraagd bij de verpleging, bij je familie en vrienden? De officier van justitie heeft het dossier beoordeeld en vindt dat je nog langer gedwongen opgenomen moet blijven. Daarom is de rechter ingeschakeld om je te horen. Je behandelend psychiater weet ervan. Morgen beslist de rechter of de ibs wordt voortgezet.'

Hij haalt zijn schouders op. Nu al twee keer dat woord ibis, dat is toch een vogel? Voor zijn geestesoog verschijnen beelden van vulkaanerupties, gillende mensen in een akelig desolaat maanlandschap. Later vertelt Martijn, die godzijdank die beslissende ochtend dienst heeft, dat ze hem met drie man tegen de grond hebben moeten drukken en dat hij de nacht in de isoleer heeft doorgebracht. Hij hoort wel wat er gezegd wordt, maar het is of het over iemand anders gaat.

Martijn helpt hem onder de douche, laat hem niet alleen. Antonius wankelt op zijn voeten, zijn bloed jaagt vinnige stroomstootjes door zijn handen. Hij laat de stralen zijn huid geselen. Hij móet helder worden, straks is het erop of eronder met zijn meesterplan. Terug op zijn kamer laat hij Martijn helpen met het aantrekken van zijn pak. Na een mislukte poging zijn stropdas te strikken overvalt hem een gevoel van peilloze diepte. Hij zou willen schreeuwen, willen janken, maar er ontsnapt hem een monsterlijke lach die hij niet als de zijne herkent.

Antonius beent rusteloos door de gang, is al verschillende malen gemaand te gaan zitten. Maar hij laat zich niet tegenhouden, door niemand niet. 'Het tapijt mag weleens gestofzuigd worden hier, het is ons visitekaartje!' roept hij geïrriteerd naar de mensen die hem nauwlettend in de gaten houden. De vriendschappelijke toon van collega's onder elkaar is nergens te bekennen.

In gedachten heeft Antonius zich voorbereid op de vergadering met het topmanagement. Stevensen heeft hem niet teruggebeld dus Antonius zal zich moeten verantwoorden. Waarom zou hij er een bezwaar tegen hebben dat ze informeren bij zijn collega's en ondergeschikten? Dat Stevensen zijn *track record* heeft beoordeeld verbaast hem niet. En uiteraard vindt hij dat Antonius moet blijven. Daar hoeven ze hem echt niet toe te dwingen. Alleen die ibis kan hij nog steeds niet plaatsen. En terwijl Antonius al zijn hersencellen bij elkaar veegt om zijn aandacht bij het komende gesprek te houden, verandert de neus van de advocaat in een lange scherpe snavel, zijn haar en huid kleuren onnatuurlijk rood. Zijn mond beweegt nog wel, er moeten in theorie verstaanbare woorden uitkomen maar Antonius hoort alleen nog een krassend gra-gra-gra-a-a. In zijn hoofd een druk geschreeuw, gedachten bevechten elkaar op ruimte en snelheid. Hoge stemmen weerkaatsen tegen zijn schedeldak, beitelen gaatjes waardoor de redelijke argumenten naar buiten gutsen. Zijn tong is droog als schuurpapier, toch maakt de speekselvloed de weg glad voor onsamenhangende zinnen. De lava die in zijn binnenste opstuwt en weldra alles zal overspoelen, kookt en blakert en rookt en sist. Een magnifieke helletocht, zo schitterend in vernietiging. Hélder moet hij blijven, de vergadering gaat zo beginnen. Wat aardig trouwens van al die mannen dat ze de moeite hebben genomen naar dit ziekenhuis te komen – waar hij niet thuishoort, dat heeft hij toch al minstens honderd keer tegen Martijn gezegd!

Daar is zijn vrouw, wat doet zij nou hier? Hij haat haar, maar mijn hemel wat houdt hij van zijn vrouw. Zijn zoon is er tot zijn ontsteltenis ook, hij verschuilt zich achter zijn moeder, durft hem nauwelijks aan te kijken. Daar is ook die andere advocaat weer, maar waarom? Handen worden geschud, dezelfde handen waarachter woorden schuilgaan die hij niet mag horen. Ze worden naar een vergaderruimte geleid. Twee mannen zitten aan de rechthoekige tafel. Tot zijn verbazing ontbreekt Stevensen. Zou hij zijn afgevaardigden hebben gestuurd? Antonius controleert of zijn stropdas recht zit, schraapt zijn keel en neemt plaats aan de overzijde. Hij is er klaar voor, echt klaar. Hij lust deze kerels rauw. Hij heeft alles doorgerekend, de calculaties laten geen enkele ruimte voor twijfel. Met zijn meesterplan zullen alle pensioentekorten voorgoed tot het verleden behoren. Maar er is haast geboden, de concurrentie is moordend en Antonius moet en zal de eerste zijn. De redder van pensioengerechtigd Nederland. Hè, daar heb je Martijn, wat doet hij nou hier? Ook die vierde man komt hem bekend voor. Waar heeft hij die kop voor het laatst gezien? Hij ziet zichzelf aan een bureau zitten, aan de verkeerde kant, en die vent op de plek waar hij had moeten zitten. 'Panische symbiose,' echode de man. Hij wil de oren van zijn vrouw en zoon dichtstoppen met bijenwas zodat ze deze laster niet hoeven te ondergaan. Zodra die gedachte bij hem postvat, zijn hun gezichten overdekt met zwart-gele lijfjes die een gekmakend gezoem voortbrengen. Eén zoemend orgaan. Of is het de tl-balk boven de tafel? De kale ruimte baadt in kunstlicht, onbarmhartig en meedogenloos. Er zit een tik in de verwarmingsbuizen, ergens boven het gezelschap wordt een toilet doorgespoeld.

Martijn zegt dat de meneer tegenover hem de rechter is en Antonius begint keihard te lachen. De verpleegkundige legt zijn hand op zijn arm, Antonius kan de ijspegels in de lucht zien ontstaan. Geen greintje humor hebben die gasten. Waar is Stevensen als hij hem nodig heeft? Kennelijk heeft hij het hardop gezegd want de man rechts van de rechter zonder toga, als een ruiter zonder paard, stelt zich voor als griffier. Hij zal tijdens de vergadering alles noteren wat er wordt gezegd. Zijn advocaat, die aan de andere kant van Antonius is gaan zitten, adviseert vooral goed te luisteren en hem het woord te laten doen.

'Meneer Breedveld,' begint de man die kennelijk de rechter is, maar Antonius' gedachten nemen alweer een vlucht naar het hogere. De dag dat de president van De Nederlandsche Bank hem bij zich zal roepen om hem zijn grote dank te betuigen namens het Nederlandse volk. Hij is er zeker van dat topinvesteerders zich de komende week, na de presentatie van zijn meesterplan, zullen melden. Hij zou van gekkigheid niet meer weten wat hij met het geld zou moeten doen. Misschien adopteert hij wel een orang-oetang!

Dan hoort hij haar stem. Ze legt uit dat de bestelling en aanbetaling van tien Mercedessen S-klasse niet meer kan worden teruggedraaid, ook niet met een doktersattest, en begint te huilen. Antonius kijkt zijn vrouw aan, de moeder van zijn kind, zijn grote liefde met wie hij dertig jaar in alle rust en redelijkheid heeft doorgebracht, zoekt de woorden in zijn mond, maar vindt alleen maar gruis, aan stukken geslagen gedachten. Terwijl de tranen zich door zijn ogen persen, staat hij met een ruk op, wankelt even maar herstelt dan zijn evenwicht. Beheerst steekt hij zijn wijsvinger uit naar zijn vrouw en zoon, die steeds witter wegtrekken en zegt: 'Dat jullie me dit aandoen. Dat vergeef ik jullie nooit. Een gouden toekomst gaat verloren, jullie hebben werkelijk geen idee!' Weer die hand van Martijn op zijn arm. Hij gaat zitten.

Degene die blijkbaar zijn arts is, herhaalt wat hij kennelijk herhalen moet en als de rechter Antonius vraagt of hij nog iets te zeggen heeft, schudt hij gelaten van nee. Een moment later heeft hij nauwelijks het benul dat hij alleen gelaten is. Als het deel van het gezelschap dat zich over zijn lot zal uitspreken weer binnenkomt, schrikt hij even op. Antonius kijkt zijn vrouw en kind niet meer aan, houdt zijn blik strak op een potlood gericht dat voor hem op tafel ligt. De rechter spreekt de onherroepelijke woorden, hij pikt slechts flarden op. 'Panische symbiose... speciaal en maatpakkelijk te gronde dreigt te gaan... geen andere onderhandelingen mogelijk... meditatie... verlenging van de ibis...'

De rode vogel strekt zijn vleugels en stijgt op.

Man achter vensters

Terwijl zijn kleindochter vliegers plakt op school, gaat meneer Hogenthal in een witte overall naar het adres dat hij van de politie heeft doorgekregen. Er is een melding binnengekomen van de buren, de stank in het trapportaal herkent hij meteen. De geur van de dood went maar niet en hij onderdrukt een braakneiging. De geur van dimethylsulfide die het lichaam begint uit te scheiden als het sterft. Een combinatie van rotte eieren, ontlasting, witte kool en knoflook. Snel een mondkapje voor en een neusklem op. De voordeur is geforceerd, zijn collega's zijn hem blijkbaar voorgegaan. De man om wie het gaat, ligt op zijn rug, en als Hogenthal snel kijkt, lijkt het net of de rechterhand iets omhoog reikt, maar dat moet verbeelding zijn – de arm en hand zijn nauwelijks meer van elkaar te onderscheiden, de spektorren en bromvliegen bevechten elkaar de ruimte. De gemeentelijke lijkschouwer heeft moeite te bepalen hoelang deze eenzame ziel er al ligt. Er zal een forensisch entomoloog aan te pas moeten komen.

Meneer Hogenthal loopt naar de secretaire die in de linkerhoek staat. De insecten hebben zich door het hele appartement verspreid. De kamer voelt aan als een krappe, wollen trui met col. Wennen doet het nooit.

Hij moet voor zijn werkgever op zoek naar de polis van de uitvaartverzekering, als die er al is. Op het blad van de secretaire, fijn notenhout – de man had smaak –, ligt een kleine zakagenda uit het jaar dat Hogenthals kleindochter geboren werd. De dagen zijn hoofdzakelijk leeg. Achterin een paar ongebruikte pagina's adresboek, A tot en met I. De mate van eenzaamheid is meestal moeilijk vast te leggen, maar deze man was boekhouder van zijn eigen lege bestaan.

Zijn collega reikt hem het gevonden identiteitsbewijs aan. Zonder de man om wie het gaat uit het oog te verliezen vouwt hij het paspoort open, zijn middelvinger op de gekantelde linkerpagina, met duim en wijsvinger het kleine boekwerkje openhoudend bij de pasfoto. Pas nu ziet hij op het portret, dat aan alle moderne eisen voldoet, dat de man een stuurs en benig gezicht had en een neus als van een van de boeren op *De aardappeleters*. Zo ook was de kleur van zijn huid, valig geel, met hier en daar een zwarte pit. Terwijl hij naar de foto en de bijbehorende gegevens staart, worden zijn collega's onrustig. De gegevens van de buren zijn opgenomen, de liggingsschetsen zijn gemaakt, zo meteen zal de fotograaf arriveren die de plaats delict moet vastleggen. Het interieur staat vol rondbuikige boeddha's en aan de muur hangen gebatikte doeken. Een camera op een statief. Ze vinden geen polisblad, geen gegevens die naar een bankrekening verwijzen. Telkens als hij naar de man op de grond kijkt, lijkt het of zijn rechterhand iets verder naar beneden is gezakt. Alsof hij zich opgegeven weet.

Meneer Hogenthal trekt zijn schouders naar achter, doet een onhandige poging wat dieper in te ademen maar de stank en de rondvliegende insecten beletten hem dat en hij loopt de kale keuken in waar die beesten nog niet zitten. De geiser brandt, het water is lekker warm. Uit gewoonte wast hij zijn handen, ook al heeft hij handschoentjes aan. Aan het prikbord hangt een foto van twee kleine jongens, broers zo te zien. Dan komt zijn collega hem vriendelijk storen. Ze hebben een plakboek gevonden. Foto's van diezelfde jongens in verschillende leeftijden, afgewisseld met SOEKARNO, JAVA, VECHTEN, ZWIJGEN in viltstiftrode halen. Anders dan de foto op het prikbord zijn het gestolen momenten, snelle bewogen beelden. Niet eenmaal wordt er in de lens gekeken. De achtergrond is steeds dezelfde, een groene heg, een bakstenen schuurtje. Hogenthal herkent het direct, hij is er net langsgekomen.

Als hij naar buiten loopt – het witte stofkapje bungelt als een sprakeloze snavel onder zijn kin – komt er een zichtbaar aangedane vrouw naar hem toe. 'Hij zat meestal achter het raam, en als hij buiten was geweest, liep hij achterstevoren de trap op zodat hij zicht hield op de straat. Eenmaal binnen ging het slot er meteen op.'

Als Hogenthal thuiskomt, trekt hij zijn witte pak en kleren nog in de gang uit en neemt een stomend hete douche. Hij schrobt zijn huid tot die rood ziet. Voor het eerst sinds haar overlijden gaat hij in de aangepaste sofa van zijn vrouw zitten. Bij een kop thee neemt hij het besluit zijn kleindochter mee uit vliegeren te nemen en oneindig vaak haar portret te schieten.

Nog drie weken, dan kan hij met pensioen.

De onwetende

Ik keek naar zijn gerimpelde, zachte handen die voor hem naast elkaar op tafel lagen. Ontspannen, met de handpalmen naar beneden maar lichtjes gebold, alsof er twee hamsters onder schuil gingen. De houding die ik vroeger op pianoles leerde. Als ik had gedurfd, had ik de huid bij de knokkel van zijn wijsvinger zachtjes samengeknepen, losgelaten en toegekeken hoe dat vel, dat zijn botten bij elkaar hield, langzaam naar beneden zou zijn gezakt. Zijn lodderige blauwe ogen, alsof er te veel water bij de verf was gedaan. Hij zat daar maar. Te zitten.

'Pa?'

Geen reactie. Ik had het prima kunnen doen, dat zachte knijpen. Ik had hem ook een winterjas aan kunnen doen en naar buiten kunnen rijden. Voorzichtig een blik op mijn horloge, nog een kwartiertje en dan kon ik gaan. Ik stond op en drukte de Senseo in, zelfs de kwaliteit van de koffie deed er hier niet meer toe.

Voor de klas, met een ribbroek die op de kont glom van het vele zitten – meestal op de rand van zijn bureau –, wist hij de aandacht van gemiddeld dertig van die ongeïnteresseerde apen vast te houden door krachtig maar ingehouden te spreken. Over Indië, over de Russen, over de tegenvoeters. Welk onderwerp hij ook behandelde, ze luisterden. Ze moesten ook wel, want meneer Van Boven strafte streng. Een twintigtal blaadjes strafwerk en een spreekbeurt van zeker een half uur was geen uitzondering.

Thuis vertelde hij weinig over zijn werk. Ja, dat hij de wind er goed onder hield. Hij gaf les op onze middelbare school maar omdat er meerdere leraren geschiedenis waren, konden wij uit zijn klassen gehouden worden. Gelukkig droegen wij de naam van onze moeder en was niet algemeen bekend dat wij Van Boventjes waren. Wij, dat zijn ik en mijn drie broers. Onze ouders hadden altijd een groot gezin gewild, en mijn moeder met heel haar hart een dochter. Na drie jongens bleef het verlangen zoet als noga plakken tussen haar kiezen, en daar kwam ik. Vier kinderen die ze samen groot hadden gebracht en allemaal op hun eigen wijze gelukt. Nu ik zelf een dochter heb weet ik dat je ze maar te leen hebt, zoals het gezegde gaat, en dat het jouw enige taak als ouder is om volwassenen af te leveren die zichzelf kunnen redden in de maatschappij. We zijn heel verschillend terecht gekomen, zowel in de liefde als in gezondheid, maar redden doen we ons allemaal. Tot groot verdriet van pa is niemand het onderwijs in gegaan.

Tien jaar geleden stierf onze moeder na een kort ziekbed en vader bleef alleen in dat grote herenhuis in Haarlem. Mijn broers en ik bezochten hem minder vaak dan we deden toen ma nog leefde. Zij was de specie die het gebouw bijeen hield. Nu miste het gezin min één hier en daar een dakpan, lekte het als het regende, schoot het onkruid op in de achtertuin, ontbraken de koekjes bij de koffie. Omdat hij zo dol was op de bergen maar niet meer alleen durfde te gaan, namen we pa mee op vakantie naar de Italiaanse Dolomieten, vierden zijn verjaardag bovenaan de Sellapas met zelfgebakken chocoladetaart. In de afdaling reed pa een wielrenner aan, de dure carbonfiets belandde onder zijn wielen. Verder alleen schaafwonden en de schrik in dat sterke fietserslijf. Daar was de neergang ingezet, al wisten we dat nog niet. Jos nam het stuur van hem over. Pa had nooit meer gereden.

'Pa?' vraag ik nogmaals. Voor mijn gevoel fluister ik maar ik weet dat ik dat helemaal niet kan. Dat was vroeger in de klas al zo, ik werd er altijd uitgepikt en eruit gestuurd, terwijl de rest om me heen wel degelijk in staat was op gedempte toon de nieuwste roddels uit te wisselen. Ook werd ik er vaak uitgestuurd wegens onbedaarlijke lachsalvo's, als ik en mijn vriendinnen eenmaal in die modus schoten was het onmogelijk normaal te doen en ik was meestal degene die het hardste lachte en de klappen opving. De verwarde en onaanspreekbare man die pa nu is geworden draait zijn hoofd naar het geluid toe, zijn hoofd licht schuin alsof hij aandachtig luistert, maar de aansporing komt niet binnen, of lokt geen adequate reactie meer uit. Ik neem zijn handen in mijn handen, ze voelen zijdezacht maar koud aan. Oudemensenhanden. Een nieuwe poging.

'Pa?' Hij kijkt me aan, glazig maar hij kijkt me tenminste aan.

'Willem?'

'Nee pa, ik ben het, Willemien, je dochter.' Een betekenisloze knik, de blik weer op eindeloos. Een gelukzalige, onwetende toestand, waarvan je nooit weet hoe lang die standhoudt. De verwarring is erg maar het is de reflectie op de eigen verwarring die ronduit schrijnend is. Het moment dat hij zich realiseert dat hij zijn dochter voor zijn jeugdvriend heeft aangezien blijft nu achterwege en daar ben ik dankbaar voor.

'Ach meissie toch, ik zal er nooit overheen komen.'

Ik laat zijn handen los, heb opnieuw de neiging om in zijn knokkelvelletje te knijpen, leg ze van de tafel op de plaid op zijn schoot en buig me voorover om hem een zoen op zijn hoofd te geven. Zijn kruin kalend maar nog genoeg wilde witte haren. Die markante kop van hem vol lijnen, leek ik maar wat meer op hem.

Terwijl ik naar de auto loop en de motor start, herinner ik me hoe ik schichtig door de lange gangen liep op weg naar de conrector, als ik er weer eens uitgevlogen was, en angstvallig probeerde mijn vader te ontlopen omdat het dan helemaal driemaal prijs zou zijn. De conrector was een oude baas, in mijn ogen althans, met wit haar en een wit kortgetrimd baardje. Hij had zijn armen altijd over elkaar als je binnenkwam na drie keer kloppen en een afgemeten ja. Zodra je had plaatsgenomen voor zijn bureau waar zo'n klassieke notarislamp de stapel papieren van licht voorzag, haalde hij zijn rechterhand onder zijn linkerarm vandaan, schoof zijn bril met de top van zijn wijsvinger zo hoog mogelijk op zijn neusbrug en keek je ernstig aan. Ik moest altijd een lachkriebel onderdrukken en dacht aan dode dieren. 'Zo mevrouw Houtvreugde', op school was het mijn redding maar oh wat haatte ik die naam, 'weer buitengesmeten?' De kunst was om zo lang mogelijk te zwijgen en bescheiden te glimlachen, de ogen op tijd neer te slaan. Als ik nu terugdenk zou ik echt niet meer weten wat er nu weer aan de hand was, maar waarschijnlijk was het niet meer dan mijn bulderende lach, wippen op de stoel, kortom ordeverstoring in het klein. Het werd prikken na het achtste uur, zoals meestal. De peuken veegde ik weg van de trappen voor de hoofdingang maar ik liet ze vervolgens expres liggen. Kleine soldaatjes van verzet in witgeel kostuum met zwarte haren. Pa hing altijd lang op school en daardoor wist hij precies hoe laat het was als ik me met de prikker naar het schoolplein begaf. Ik kon de tirades wel dromen en ze deden me niks meer. Ma's teleurstelling stond op haar gezicht te lezen, dat was veel erger dan de woede, waartegen ik me wapende met onverschilligheid die pubers in overvloed voorhanden hebben. Soms denk ik weleens dat ik nog steeds bezig ben mijn ouders trots te maken, bij grote en kleine beslissingen is mijn eerste neiging om de telefoon te pakken. Je blijft toch een kind in dat opzicht. Maar ma was dood en ook van pa had ik afscheid moeten nemen. De rouw om iemand die er nog is, is een vreemde soort, als een steenpuist waar de druk maar niet vanaf gaat. Soms denk ik dat het voor allen beter is als. Daar stopt het denken.

De ziekte is een sluipwesp die eitjes legt in zijn gastheer. Pas als de larven uitkomen en zich beginnen te voeden, doodt het hun baas. Pas toen hij vijf jaar terug hard achteruit begon te gaan kwamen de telefoontjes. Pa had op zijn knieën door het scheikundelokaal gekropen, achter een elektrische modeltrein aan, ondertussen een warrig betoog houdend over de Tweede Wereldoorlog. Nadat hij vol overtuiging de Hitlergroet had gemaakt waren een paar leerlingen naar de conrector toegegaan omdat ze wel zagen dat het niet goed met hem ging. 'Waarom in het scheikundelokaal?' had ik aan de conrector gevraagd. Alsof dat ertoe deed.

'Een van de geschiedenislokalen was dubbel geboekt door de roostermakers en meneer Damast had het lab dat uur niet nodig. Bovendien had uw vader nadrukkelijk gevraagd om lokaal 12b. Ik begreep dat wel, die stinkende pubers, dan is het wel prettig als de ramen even flink open kunnen.' Ze vertelde ook dat er verhalen over zijn privéleven de ronde deden die ze stelselmatig weersprak, maar jij weet daar vast van alles van, zei ze. Ik zweeg. Ik wist alleen dat ik er alles aan gedaan had om te voorkomen dat ik en mijn broers gelinkt werden aan die rare snuiter van een geschiedenisdocent.

De conrector, die verantwoordelijk was voor zijn functioneren, vroeg of ik er nog was. 'Van Boven is nog geen zestig. Misschien ging het om een smakeloos geintje?' Ze namen het ernstig op, zouden het in de gaten houden en ik hing op.

De tweede keer dat ze belde was het omdat een havoleerling had gemeld dat meneer Van Boven de namen van de leerlingen stelselmatig door elkaar gooide. Eerst was het nog wel grappig geweest, en makkelijk voor de leerlingen, totdat de klassenvertegenwoordiger aan de bel trok omdat de helft van de klas er regelmatig tussenuit piepte, tot Van Boven uiteindelijk in z'n eentje voor een lege klas stond. En dan bleef hij nog praten – alsof hij niets in de gaten had. De roddels gingen als een lopend vuurtje: meneer Van Boven had ze niet meer op een rijtje van boven. Er werd vast heel hard om gelachen, dat zou ik ook gedaan hebben als het niet om mijn vader ging. Na het derde telefoontje was ik onmiddellijk naar school gereden. Pa had in zijn broek gepoept. De diagnose volgde vrij snel daarna.

Het is woensdag, mijn dag. Zoals iedere keer ligt er een blok graniet op m'n maag. Woorden als mensonterend, onverteerbaar en machteloos cirkelen in mijn hoofd als gieren om een kadaver. Ik overwin mijn weerzin en stap de spruitjeslucht in, mijn voetstappen worden gedempt door hoogpolig tapijt waar ik onder geen beding met blote voeten op zou willen lopen. Ik klop uit gewoonte op de deur, maar open 'm gelijk. Pa zit in zijn sta-op-stoel met zijn gezicht naar het bleke lentezonnetje dat door het glas naar binnen valt.

'Pa?' Met het draaien van zijn nek schiet me weer het beeld van de gieren te binnen. Maar om wiens kadaver gaat het nu eigenlijk? Ik trek mijn jas uit, gooi die op de hoek van de oude tweezitsbank en met een paar passen sta ik naast hem, zijn hoofd inmiddels weer naar het raam toegekeerd en de ogen gesloten. 'Lekker weer hè? Vanmorgen rook ik eindelijk de lente.' Als hij niet reageert leg ik kort mijn hand op zijn linkerschouder. Hij blijft onbewogen zitten en ik loop naar de kitchenette om koffie of wat daarvoor moet doorgaan te zetten. Hij drinkt het nog steeds hetzelfde, dat minuscule gedeelte van zijn persoonlijkheid is niet aangetast. Ik roer de suiker alvast door het gitzwarte goedje waardoor de bruine schuimlaag verdwijnt en zet het kopje dan neer op het bijzettafeltje dat nog uit zijn ouderlijk huis komt. We drinken onze koffie in stilte. Daarna doe ik wat me aangeraden is door de verpleging: door fotoboeken bladeren, namen noemen, verhalen vertellen, mijn hele wezen gespitst en vurig hopend op enige blijk van herkenning en die iedere keer niet krijgen. Hoelang houdt een mens dit vol? Nu al vijf lange jaren. Ik ben gezegend met drie broers, we hebben een schema, we hebben elkaar, maar wanneer komt het moment dat één van ons denkt, hop, ik neem hem mee naar buiten zonder jas, wie weet vat hij een koutje, wordt het een longontsteking en is het einde verhaal. Louter de denkoefening geeft ademruimte om te volharden in onze gedeelde mantelzorg.

Als ik opzij kijk, richt hij zijn hoofd op. Ik zet het fotoalbum van hun vijfentwintigjarige huwelijk terug in de kast onder de tv. 'Pa, ik ga naar huis. Morgen kom ik weer want Jos kan dan niet.'

'Mmmm. Onderbroek.'

'Ik zal schoon ondergoed voor je meenemen.'

'Orchidee.'

Lachkriebels.

'Dag pa, tot morgen.' Ik zoen hem op zijn voorhoofd. Voel hoe mijn lippen aansluiten bij de koude huid, zijn wimpers kriebelen langs mijn kin. Ik verlaat de kamer en kijk nog een keer om, zijn blik op de handen in zijn schoot gericht, op de Schots geruite plaid over zijn benen. Dat was de moeilijkste stap geweest, hem wegbrengen naar deze plek die licht naar urine ruikt vermengd met doorgekookte bloemkool en een papje. Zijn hele bibliotheek, opgedeeld tussen mij en mijn broers, de herinnering aan al die uren lezen opgegaan in het niets. De boeken fysiek niet meer bij elkaar, in zijn hoofd lopen de eindeloze verhalen door elkaar en niemand die er meer wijs uit wordt. Soms lijkt hij bereikbaar, maar dat is een illusie. De vernietiging van neuronen in sommige delen van zijn hersenen is ingezet, veroorzaakt door een abnormale ophoping van verschillende soorten eiwitten. Ik zie meeldraden voor me, schimmels van paddenstoelen, mist in het hoofd, verbindingen die worden omgelegd maar de paden blijken niet meer begaanbaar. Omdat hij alleen woonde hadden wij pas vrij laat in de gaten dat het niet aan zijn werk lag of aan de leerlingen.

Niemand die je ooit vertelt wat je moet doen als je vader je kind wordt, als dat kind een peuter wordt, een grote baby uiteindelijk. Wassen, drogen, voeden. Babytaal, kleine gepureerde hapjes. Geruststellen. Troosten. Iedere dag opnieuw. Diepe bewondering voor de mensen die dat werk doen, voor alle mantelzorgers aller landen – zelf alleen een tergend schuldgevoel van altijd tekortschieten. Pa had bij welzijn bepaald dat zijn hersenen naar de hersenstichting gaan voor meer onderzoek in de hoop dat er ergens iets op zijn plaats gaat vallen en er medicijnen ontwikkeld kunnen worden die de vernietiging kunnen vertragen of stoppen. Dat zijn vier kinderen dan binnen enkele uren afscheid moeten nemen van zijn lichaam, dat was ondergeschikt aan de wetenschap en de hoop op genezing voor anderen.

In bar Kingfisher, waar ik weer regelmatig kom sinds ik gedeeltelijk voor pa zorg, sta ik met een biertje aan de bar. Er komt een man aanlopen, die ook een vaasje bestelt. Hij kijkt tersluiks opzij en onze ogen kruisen elkaar. Een korte blijk van herkenning, maar waar ken ik dat gezicht toch van? We steken ons glas de lucht in en nemen een grote slok. Ik zie de vingers van zijn rechterhand op de bar trommelen, en als hij me weer aankijkt weet ik het ineens. Maarten, zes vwo, ik zat in vier havo. Maarten, die gitaar speelde in de populaire schoolband, die alle meisjes (mij ook) achter zich aan kreeg, die rookte op het bordes. Hij heeft nog steeds hetzelfde dikke haar en indringend bruine ogen. Hij zal uit beleefdheid zijn glas geheven hebben, kleine kans dat hij mij herkent. Ik draag mijn haar kort uit praktische overwegingen en heb sinds kort een bril die me goed staat. Ik schuif mijn biertje een stuk op en ga twee barkrukken naar links zitten. 'Maarten toch?'

'Ja klopt.' Een verbaasde blik blijft tussen ons in hangen. 'Het Calland College,' zeg ik in de hoop dat bij hem een lichtje gaat branden. Maar behalve dat ik er vaak werd uitgestuurd, is er geen enkele connectie tussen ons, behalve dat Maarten een soort halfgod was in mijn ogen.

'Ik ben er een van Van Boven, geschiedenis.' De eerste keer in mijn leven dat ik me identificeer met de achternaam van pa. In de lange stilte die volgt zie ik zijn ogen troebel worden.

'Ik dacht dat zijn hele gezin was omgekomen tijdens een auto-ongeluk in de Italiaanse Dolomieten?' Hij zegt het voorzichtig maar ik zie met hoeveel schroom deze zin omgeven is. Hij kijkt me vragend aan, ik zie dat hij meer wil zeggen maar niet durft. Ik krijg het op slag koud, begin te trillen en zie weer die fiets onder het wiel van pa's Citroën en zijn 'ach meissie toch'. Ik zet gauw het glas aan mijn mond en klok het bier achter elkaar naar binnen en wenk de barman, bestel twee jenever, schuif er een naar Maarten toe. Zijn rechterhand legt hij op mijn linker.

De zee

Ze werd geboren in het eerste licht van de ochtend, een gouden stralenkrans om haar schedel die met nesthaar en vernix bedekt was. Ze noemden haar Vera, dat waarheid, geloof, vertrouwen betekende. Veel te vroeg en te klein kwam ze ter wereld en ze haalden haar bij haar weg. Met plakkers op haar lijfje en een sonde in haar neus lag ze in de couveuse, die broedkamer als verlenging van de tekortgeschoten tijd in haar buik. Iedere keer als ze de kamer verliet om een broodje te eten, koffie te halen, snerpte er een scherpe pijn door haar lijf. Alsof dat kleine lichaampje van haar werd afgesneden. De pijnsensatie was nog sterker als ze naar huis moest, om te slapen, haar kleren te verwisselen. Zij en haar man waren per toerbeurt bij hun dochter, het zou niet lang meer duren voor hij weer aan het werk moest. De heilige drie-eenheid zou bruut worden verbroken en ze zag niet in hoe ze tegelijk een papa en een mama zou kunnen zijn in de uren dat hij beursuitslagen volgde en met klanten belde in een anoniem kantoor.

Nu, achtentwintig jaar later en in deze kille ruimte, kan ze de geur van haar pasgeborene nog precies oproepen, ijzer en kaneel, de lichte wimpertjes en het krachteloze mondje om haar tepel. Nu, met haar handen op de houten rand, kan ze alleen nog maar aan die eerste spannende weken denken. Hoe ze ieder grammetje vet verwelkomd had, hoe ze uren kon kijken naar het rijzen en dalen van dat piepkleine borstkastje. Nu kan ze niet ophouden met staren naar de samengevouwen grote handen, de volle, zachte boezem waar geen beweging meer onder zit, haar sterke armen, de lange pianovingers, haar lelijke knieën (ze baalde dat ze die van haar had geërfd) en de Griekse neus, spits en klein, waar ze zich altijd een beetje voor schaamde. Ze schrikt iedere keer weer hoe koud die handen aanvoelen, als blank marmer, de aders steken blauw af. Daar lag niet alleen een dochter maar ook de vrouw van Peter, haar schoonzoon en Vera's jeugdliefde met de groene ogen en zijn bos met donkere krullen. Hij was al veertien jaar in hun leven en nu was ze bang dat ze ook hem zou verliezen. Ze hadden haar lichaam gelukkig op tijd gevonden, waardoor ze er nog mooi uitzag. Alleen die make-up die stond haar niet, had haar nooit gestaan. Ze heeft er spijt van dat ze zo fel was geweest. Het sonore gebrom doorbreekt haar gedachten en als ze opkijkt ziet ze dat de kaars is opgebrand. Ze kijkt op haar horloge, wacht de komst van Peter af.

Ergens binnenin haar is iets afgestorven, een vat met teer dat leegloopt tussen haar ingewanden. Als er zwarte tranen uit haar ogen zouden komen zou ze niet verbaasd zijn. Ze weet niet hoelang ze daar al staat, de kaars is nog aan. De intimi mogen hier afscheid komen nemen maar vooralsnog is ze alleen. Maar echt alleen is ze niet, zolang haar lichaam nog hier is, dat lichaam dat uit haar geboren werd. Over vier maanden, op haar verjaardag, zullen ze haar as verstrooien, datgene wat er van haar zachte lijf is overgebleven. Kon ze maar de omgekeerde beweging maken, terug de buik in.

Ze hoort gestommel en dan steekt Peter zijn hoofd om de hoek. Ze is even stil, maar knikt met haar hoofd ten teken dat hij verder mag komen. Peter, Vera's jeugdliefde met het springerige van een jonge pup, loopt naar de baar toe, legt zijn hand op de blauw geworden vingers en zucht diep. Ook haar oren zijn paarsblauw als de druiven waar ze zo dol op was. Hij streelt haar over het mahoniebruine haar dat als enige deel van haar lichaam aanvoelt alsof ze er nog is. Ze draagt haar favoriete zomerjurk, dezelfde als in Ronda, toen er nog niks aan de hand leek, die gele met spaghettibandjes waarbij haar huid zo mooi bruin afsteekt. Maar ze is een wassen pop, het leven is er voorgoed uit verdwenen. Plotseling ziet ze Peter voorover klappen. Er ontsnapt hem een dierlijke kreet die door merg en been gaat. Vreemd genoeg lucht het haar op hem zo emotioneel te zien.

Na twee maanden kregen ze Vera mee naar huis en waren alle slangetjes weg, maar uit de borst drinken ging niet, daar was ze te zwak voor. Een groot gevoel van onmacht en falen bekroop haar, maar haar moeder verzekerde haar dat ze van Nutrilon ook groot en sterk zou worden. Vera verzoop in de kleinste maat rompertjes, had niet van die lekkere spekbeentjes die ze zich herinnerde van baby's van vriendinnen maar het zou allemaal goed komen. Daar vertrouwde ze op. Het kwam goed, totdat het niet, nooit meer goed zou komen.

Vakantie in Midden-Frankrijk, ze is dertien. Een onzekere puber met een wijde spijkerbroek en een petje achterstevoren. Dagboeken schreef ze vol, ze werd verliefd en teleurgesteld, worstelde zoals tieners worstelen. Eindeloos tafeltennissen met haar vader, het naar bed gaan uitstellend. Want dan kwam de donkere wolk die haar omhulde. Overdag was ze er bestand tegen, 's nachts niet. Zij, als haar moeder, voelde dit feilloos aan. Ze ging bij het bed van haar dochter zitten, pakte haar hand en keek haar indringend aan. 'Gaat het wel goed met je lieverd?' Ze barstte in huilen uit, de druk die zich al weken had opgebouwd explodeerde als een geiser. 'Ben je somber?' Ze had als hulpverlener geleerd snel en concreet door te vragen. Een aarzelende knik. 'Wil je dood?' Ze haalde geschrokken haar schouders op. 'Denk je weleens aan zelfmoord?' Het huilen werd loeien nu, als een kalf dat te vroeg bij zijn moeder vandaan gehaald was. 'Heb je concrete plannen?'

Die avond leek er iets gekeerd, iets beschadigd dat nooit meer heel zou worden. Maar de somberte ging voorbij, ze werd verliefd en het werd beantwoord, ze verloor zich in school, had er altijd van gehouden dingen te leren en speelde veel muziek op de platenspeler op haar zolderkamer. Hoe ze zich die zomer had gevoeld was eigenlijk nauwelijks nog terug te halen maar de kinderlijke onbevangenheid was ze verloren.

Plotseling trilt het lichaam in de baar, het gebrom verstomt even en zet dan weer aan. De rillingen lopen over haar rug als ze Vera's onderkaak naar beneden ziet zakken, hoewel de uitvaartverzorger haar hierop had voorbereid. De beugelrechte tanden ineens zichtbaar, een klein draadje spuug ertussen. Ze kan bellen en dan kunnen ze de kin hechten. Om heel eerlijk te zijn durfde ze niet alleen thuis te zijn met haar lichaam, dat zo duidelijk alleen een koker is. Toch ziet haar gezicht eruit alsof ze lekker ligt te slapen. Alsof ze ieder moment zou kunnen gaan snurken. Peter kijkt haar aan, en zij weet waaraan hij denkt.

Peter was met Vera op vakantie in Spanje, aan de kust. Ze had die ochtend haar tas netjes opgeruimd, ontbijt gemaakt en koffiegezet op het kleine gaspitje. De storm van de nacht ervoor was gaan liggen. Ze was zo rusteloos geweest als een mier te midden van het nest. Af en aan huilde ze maar hij kon haar niet bereiken. Ze wilde weg, leek zich niet te realiseren dat het nacht was. Hij nam haar in zijn armen en hield haar vast tot ze stopte met beven. Al weken ging het zo, ze was opgehouden met werken omdat ze alleen nog maar kon huilen. Waarom kon ze hem niet duidelijk maken, maar dat ze aan de rand van een afgrond stond en de diepte in keek was Peter wel duidelijk.

De ochtend erna leek ze er niet helemaal bij. Ze hadden door Ronda gelopen, zij met strooien hoed tegen de zon in die gele jurk, dat vreemde witte dorp tegen de bergwand. In de auto terug was ze stil geweest. Ze wilde naar zee.

Zij aan zij zaten ze op hun kleedje, de voeten met de hakken in het zand wezen elk hun eigen kant op. Het zand had zich gevormd naar hun lichamen. De zee ruiste en de zon was al aan het zakken, de laatste mensen om hen heen pakten hun spullen en sjokten naar de parkeerplaats. Het was nog steeds onnoemelijk heet.

Als Vera opstaat om te gaan zwemmen, blijft hij zitten op het kleedje met schildpadden dat ze op het strand van Ipanema kochten van een straatverkoper. Wat een mooie reis was dat, zij nog in goeden doen.

Het lijkt wel of er een krater in haar is geslagen, alsof er alleen een huls van haar oude zelf is overgebleven. En hij komt niet bij haar verdriet, dat haar lichaam versteend heeft. Hij draait zich om en pakt op zijn buik het boek dat hij aan het lezen is. Als ze thuis zijn zal hij aandringen op hulp, hij ziet haar wegzakken, het zit in de familie.

Pap

Voorzichtig voert Frauk haar vader Jan zijn pap. Lepel voor lepel, probeert niet te knoeien. Jans blik richt zich schuin omhoog, zijn vingers trommelen op de rand van de tafel. Na iedere hap schraapt ze de restjes van zijn kin, samen met het snot en kwijl. Ze moet zich haasten. Het is al bijna half negen en ze is nog niet aangekleed. Ze zet hem in zijn stoel, doet de slab af en geeft hem te drinken. Draait haar hoofd weg als hij boert. Op haar blote voeten loopt ze naar de badkamer, de tocht trekt een spoor van kippenvel. In de spiegel bekijkt ze haar verschrompelde borsten. De tepels lijken zich terug te trekken, zich op te maken voor betere tijden. Het hete water geselt haar rug tot de huid rood ziet. Een paar minuten is er niets anders dan de stoom, het ruisen van de zee, de geur van zeep, de valse belofte van een nieuwe dag. Met haar vinger volgt ze de zilveren slakkensporen op haar buik. Magen vullen, neuzen poetsen, luiers wisselen, zijn kapotgeknuffelde beer in zijn bed. Er is weinig veranderd.

Och Joep, haar vader had het haar op die bewuste middag uiteindelijk dan toch verteld. Ze vindt het nog steeds in- en intriest dat niemand ervan geweten heeft. Dat hij het haar zo laat pas verteld heeft, daar was ze eigenlijk woedend over, maar dat liet ze niet merken, ze zag zijn verdriet en ongemak. De woede had zich opgekropt en was een keiharde pit geworden in haar middenrif. Gekmakend was het. Zoals ze hem kende, hadden ze er verder nooit meer over gesproken en nu was het te laat om het over wat dan ook te hebben.

De droge klik van de klink die naar beneden gaat. Ze zijn vroeg. 'Ik kom eraan!' Ze droogt zich af, doet de lenzen in haar oog en schiet in haar badjas. Ze hoort de mannen op gedempte toon tegen Evert praten, haar man. Waarom heeft ze niet wat meer tijd genomen? Talloze malen heeft ze dit moment voor zich gezien, er al die maanden naar uitgekeken en het moment gevreesd dat er eindelijk plek was. Ze zucht, haar handen zoeken steun op het bed.

'Het is tijd, ze komen je halen.' Zijn troebele ogen geven niets prijs. 'Het is beter zo, ze zullen goed voor je zorgen.' Ze strijkt over zijn ruwe wang, ze had hem moeten scheren. Zijn bakkebaarden krullen grijs op. Hij klauwt in de lucht, trekt haar naar zich toe. Stoot klanken uit. Haar armen vinden zijn brede rug. Ze strekt zich uit, zet daarna de muizen van haar handen in haar ogen en maakt een subtiel draaiend gebaar.

In gedachten is ze veertig jaar terug in de tijd. Hij tilt haar, veertig kilo lichter ook, op zijn nek. 'Zie je die daar, bovenin?' Hoe groot ze zich voelde boven op die reus. De geur van Head & Shoulders. Haar kleine vingers pielen aan het pootje van zijn bril. Papa's trui bolt door de tralies. De aap komt snel dichterbij, alsof iemand hem op de hielen zit. Haar vingers verliezen grip. 'Hé!' Met lange halen klimt de aap terug naar zijn soortgenoten. Ze krimpt ineen als ze ziet hoe de beesten de aluminium poten uit elkaar trekken en het gebroken ding naar beneden laten vallen. Hij reikt naar achteren, zijn ellebogen steken de lucht in en met een ferme zwaai zet hij haar op de grond. Ze pakt zijn hand, denkt dat papa helemaal niets ziet en zo, voetje voor voetje, schuifelen ze de dierentuin uit. Wat had dit indruk gemaakt op haar als vijfjarige.

Frauk steekt haar armen onder zijn oksels, als een vorkheftruck tilt ze dat grote, willoze lichaam op. De mannen van de ambulancedienst schieten naar voren, maar met een afgemeten hoofdgebaar laat ze weten hen niet nodig te hebben. Schuifelvoetend, moeizaam draaiend, plant ze zijn billen op de rand van de brancard. Als een te prepareren dier legt ze hem neer, draait zijn benen binnenboord en wrikt en schuift tot hij er helemaal op ligt. In een reflex veegt ze de speekselvloed bij zijn mond weg met de mouw van haar badjas. 'Batjass!'

'Ja pap, badjas.'

'Luie?' Ze voelt tussen zijn benen waar het warm is en dik opbolt. Voor de laatste keer pakt ze een luier, zo groot dat je er een hele baby in kunt rollen, buigt zich over hem heen. Haar gezicht vertrekt, een gemene steek in haar rug.

Haar arme vader Jan, ze stelde zich voor hoe het gegaan was. Boek in zijn handen, maar lezen deed hij niet. Pas zeventig was hij maar de laatste tijd dwaalden zijn gedachten zo snel af en steeds vaker maakte hij in herinnering hetzelfde rondje. Op zijn achttiende was hij naar het drukke Rotterdam gegaan waar hij een kleine bovenetage betrok. Lange tijd had hij zich gevangen gevoeld tussen twee werelden. De wereld van het besloten ouderlijk huis waar hij vandaan kwam, de stille boerderij in het uitgestrekte dorp aan de bosrand en het stedelijke Rotterdam, op de kleine, rumoerige etage in een wereld van gierende autobanden, op rood springende stoplichten en loeiende sirenes. Toen hij haar moeder Eef leerde kennen trouwden ze snel en trokken ze in de oude boerderij van Jans ouders, die vlak na elkaar gestorven waren. Ze was zijn derde grote liefde geweest. Met haar was het anders. Eef bond zonder te knellen, ze had lief zonder te verstikken, ze huilde zonder wanhoop en als ze lachte werden haar ogen groot. Hij had het haar talloze malen verteld.

Terwijl hij het boek dat hij probeerde te lezen omgekeerd en opengeslagen op zijn bovenbeen te rusten legde, moet hij naar buiten hebben gekeken en gingen zijn gedachten ongetwijfeld terug naar twee jaar na haar geboorte, toen Eef was vertrokken, of preciezer, vier jaar na... hij durfde vaak zijn naam niet eens te formuleren in zijn hoofd. Zij kon het schuldgevoel niet aan.

Eef liep weg van een leven in de slagschaduw van een afschuwelijk ongeluk, van een leven nat van tranen in een wereld zwart van rouw. Jan haalde diep adem en dacht het dan toch, er was geen ontkomen aan, iedere dag opnieuw: Joep stierf onder de handen van zijn moeder.

Frauk had het niet geweten, zij was het kind dat bleef leven. Ze kon zich voorstellen dat Jan bij God niet had geweten hoe en wanneer hij het haar moest vertellen en dat het hem soms te laat leek. Dat hij de kracht moest vinden, het zichzelf heilig had voorgenomen, die middag toen ze langskwam. Berend, haar zoon, zou aan het eind van diezelfde dag komen, maar voor Jan zich daar op kon verheugen moest eerst dat zware nieuws van zijn borst af. Zonder Eef, vertelde hij, moest hij het alleen zien te rooien. Hóe wist hij niet meer, maar hij had zich er doorheen geslagen, een tweejarige gaf ritme en structuur. Eef had nooit meer iets van zich laten horen, was uit hun levens verdwenen alsof ze opgelost was in de ijle lucht. Zijn pogingen om met haar in contact te komen waren vruchteloos gebleven. Misschien was ze onder een andere achternaam verder door het leven gegaan.

Berend had hem diezelfde dag in zijn stoel gevonden, het boek een te krap afdak voor zijn bovenbeen. Zijn grootvaders gezicht een slecht gelukte karikatuur. Woorden die Berend niet herkende werden met korte luchtstoten uit die scheve mond geperst. De telefoon ging, het hele circus werd in gang gezet, ze had niets hoeven doen. Hij zou bij haar thuis komen, ze zou hem verzorgen als was hij haar eigen zoon. Een klein kind in een te groot lichaam. Onnatuurlijk, dat woord bleef zich opdringen. Een vader zorgt voor zijn kind, niet andersom. Ze begon liedjes voor hem te zingen, zocht zachte kleuren voor hem uit, las voor. Streek steeds vaker over haar buik alsof er nieuw leven aankwam, bladerde door oude fotoalbums. Ze herinnerde zich de eerste keer in bad. Ze zag zijn schouders zakken en moest de neiging onderdrukken hem in haar armen te nemen en hem zachtjes te wiegen in het warme water. In plaats daarvan waste ze een beetje te ruw zijn grijs krullende haren en ging bijna door haar rug toen ze hem probeerde op te tillen. Ze wreef zijn haren droog en zo, met die handdoek om zijn hoofd, was hij het niet. Een kind eerder, een hond. Ze keek van een afstand, zag haar handen bewegen maar ze waren niet meer van haar.

De tas staat klaar bij de deur, wat kleren, een extra paar schoenen. Bovenop de beer die hem zijn leven lang al vergezelt. We eindigen waar we beginnen, denkt ze. Achter het glas in lood volgt ze het gezelschap en pas wanneer de deuren van de ambulance zich sluiten draait ze zich om. Ze is opgelucht dat ze heeft aangegeven het niet aan te kunnen mee te gaan naar het verzorgingstehuis.

Bennie

Godsakke, moest ik zevenennegentig worden om zelf te beslissen wat ik met dat beest doe! Iedereen liep maar een beetje om me heen te schutteren, zich ermee te bemoeien, ach man wat heb ik daar een bloedhekel aan. Dat je oud bent wil toch nog niet zeggen dat ze je mogen behandelen als een of andere seniele ouwe taart! Het is mijn beest, ik houd van hem en ik weet wat goed voor hem is. En ja hoor ik weet ook echt wel wat niet goed is voor hem, dat hoor ik niet alleen van die bemoeials maar ook van de dierenarts. Hem een spuitje geven, puh, dat zeggen ze dan zo makkelijk! Gaan ze dat ook bij mij doen als ik ze tot last word? Dat beest is alles wat ik heb. Je hebt ons toch ook, je kinderen, kleinkinderen, een achterkleinkind zeggen ze dan, en ja dat is zo, maar dit beessie is er altijd, iedere dag en 's nachts ligt 'ie op mijn voeteneind te slapen. Hij is de eerste die ik zie als ik wakker word, en de laatste voor ik naar bed ga. Ze hebben het op het nieuws wel vaak over eenzame ouderen, nou met dat beest ben ik mooi nooit alleen! En die kinderen zijn gek op die teckel, ook al sleurt 'ie nu met z'n buik over de grond en doen zijn achterpoten het niet meer. Zielig? Weet je wat pas zielig is, als ze mij dat beest afnemen! Kijk nou toch hoe gelukkig 'ie is, hij ligt daar heerlijk te knorren in z'n mandje op het tapijt, vrouwtje op aaiafstand, hij krijgt brokken en vlees en water, alleen is uitlaten wel een probleem geworden. Maar goed, ik ben niet zo moeilijk, ik til 'm gewoon op en laat 'm poepen en piesen door hem even op het gras te leggen. Kijk, als dat nou niet meer ging!

Ja ik weet wel dat 'ie eigenlijk te dik is, maar ik zeg: hoe dikker, hoe meer om van te houden. Ik ben er ook fit oud mee geworden. En het is gewoon heel gezellig dat 'ie met me mee-eet. 's Morgens krijgt 'ie een bak kwark, dat weet 'ie, om kwart voor zeven steekt 'ie z'n snuit in mijn slapende gezicht en likt me kwispelend wakker – ja nu even niet dus, nu zijn staart net als zijn poten geen dienst meer doet. Honden, daar kun je de klok op gelijk zetten, althans, bij de mijne wel. Een koekje of twee bij de koffie om half elf, ook die tijd heeft hij haarscherp in zijn hondengeheugen opgeslagen, dan komt 'ie aangerend alsof 'ie uitgehongerd is – ja nu even niet dus, nu sleept dat lieve harige buikie over de grond en trekt hij zich met zijn voorpoten door de kamer om maar bij de glazen salontafel te komen waar de kristallen schaal met deksel staat waarin de koek zit. Oh ik geniet dan zo van zijn toetje, dat smakken en het aflikken van zijn voorpoten. 's Avonds als ik kip heb gegrild, mag hij de botjes afkluiven in de keuken, en toe krijgt 'ie vanillevla. Waren de kinderen vroeger ook dol op. Mijn jongste achterkleinkind niet, die zeurt alleen maar over Danoontjes. Zijn leven niks meer waard? Oh nee, ik dacht het toch even niet. Ik ben zevenennegentig en ik ben nog wilsbekwaam, die term heb ik even moeten opzoeken omdat die naar mijn hoofd werd geslingerd, ik weet niet meer welke zoon dat was, ja een mens kan ook weleens iets vergeten zeg, godsklere. Bennie wil niet meer mam, had een andere zoon gezegd. Hoezo Bennie wil niet meer? Wil hij Bennie niet meer? Wat is dit voor kletskoek! Ga nou naar de dierenarts ma, het is toch zielig dat hij zo over de grond sleept, dat is toch een hondenleven. Nou, vertel mij wat een hondenleven is: dat is heerlijk bij het vrouwtje liggen, lekkere dingen eten, en nou én als hij hulp nodig heeft om naar buiten te gaan! Had ik bij mijn kinderen moeten zeggen: ja jongens jullie kunnen nu nog niet alles, jullie hebben hulp nodig bij het eten, drinken, poepen, piesen, aankleden, spelen, kortom bij alles: hup ik doe jullie de deur uit, of weet je wat, een spuitje. Maar nee, natuurlijk deed ik dat niet. En ik begrijp echt niet zo goed wat het verschil is met Bennie. Hij is vrolijk, dat zie ik aan zijn grote bruine ogen, en de dierenarts zei eerder dat hij geen pijn lijdt. Want nee, daar ligt voor mij echt de grens, als 'ie pijn heeft en lijdt, dan wordt het een ander verhaal, waar zie je mèn voor aan!

Maar vooruit, om aan de kinderen hun gedrang tegemoet te komen, ging ik voor de tweede keer in korte tijd weer naar de hondendokter, zo noem ik hem altijd, al weet ik heus wel dat 'ie ook andere dieren doet. De wachtkamer zit als ik er ben altijd tjokvol stumpers, vooral die baasjes bedoel ik dan, en honden dus, katten, cavia's, konijnen, een verdwaalde chinchilla, heb ik ook weleens gezien. Op zich een mooi en eerzaam beroep hoor maar ik moet er zelf niet aan denken. Nou moet ik überhaupt niet aan werken denken, op mijn leeftijd zeg! Maar ook vroeger niet. Na ons trouwen stopte ik met werken. Elf kinderen kwamen er, want ja, iedere keer kwam de pastoor weer langs om te vragen wanneer het weer zover was. In Brabant was men dat gewoon, maar ik vind het met de kennis van nu nogal inbreuk maken op je privacy – ook zo'n chic woord dat je tegenwoordig overal hoort. Privacy? Daar hoorde je vroeger niemand over, je sliep gewoon met z'n vieren of zessen op één kamer, er was nooit een plek in huis waar je je terug kon trekken. Ja dat eerste jaar met Piet hadden we nog privacy. We konden het gewoon doen als we zin hadden, al raakte ik vrij snel in verwachting. En Piet liet mij vrij, zodat ik wat kon schilderen. Nou met die hobby was het vrij snel afgelopen met de komst van die eerste kleine. Ruim acht jaar zwanger geweest, dat is toch niet normaal als een mens daar nu over nadenkt. Al die tijd je lichaam in dienst van een ander leven. Mooi en bijzonder zeggen ze dan, ja natuurlijk, maar als de kerk degene is die daarover de dienst uitmaakt, dan wordt het toch een beetje minder mooi en bijzonder. Dan voel je de druk wel om een goed katholiek te zijn. Tegenwoordig kan ik alleen nog maar vloeken als er iets te vloeken valt. Die hele bliksemse roomse bende kan opsodemieteren wat mij betreft met hun kindermisbruik en hun anti-homosentiment. Ja hoor, ik ben op de hoogte van de LHBTQI-gemeenschap door mijn andere achterkleindochter die zowel op jongens als op meiden valt. Ik gaf haar de tijd om het uit te leggen – oude oma, zoals ze me noemt, is wel bij de tijd maar ook niet weer niet zo bij de tijd – en ik snapte het eigenlijk wel. Wat moet het fijn zijn voor die nieuwe generatie om zichzelf opnieuw te kunnen uitvinden. Ik had geen keus: het was trouwen, stoppen met werken, kinderen baren, zogen, zorgen, zorgen, en nog eens zorgen. Mijn hele leven ben ik een sloof geweest. Wel een gelukkige sloof maar als ik naar mijn kleindochters kijk dan ben ik echt wel kei-jaloers dat zij hun eigen keuzes kunnen maken. Een paar heeft één kind, een paar wil dat absoluut niet, en de anderen zijn nog te jong, hun keuzes in het leven ga ik niet meer meemaken. En die drang om zichzelf te bewijzen! Dat hoeft van mij dan niet per se, ik ben nooit zo'n ambitieus persoon en harde werker geweest. Ja in huis, wat dacht je, tientallen kilo's aardappels schillen als ik friet wilde bakken voor het hele stel. Hoe dan ook alles in huis, alleen al de was met de hand, want dacht je dat wij geld hadden voor een wasmachine, nee! De vloer met de bezem, men kan zich dat tegenwoordig niet meer voorstellen maar dat huishouden was meer dan een fulltimebaan zo zeg ik 'oe!

Maar goed, dus terug naar Bennie. Ik met m'n teckel naar de dierenarts, ons Richard ging mee. Zie je het al voor je: twee van die oudjes die arm in arm over de stoep heen schuifelen met een mand en een hond. Wij zitten in die wachtkamer, ik genieten, het is toch een uitje als je zo oud bent als ik. Zo vaak kom ik niet meer buiten, behalve bij het plantsoen voor de deur om Bennie te laten kakken. Maar ik klaag niet hoor, mij hoor je niet klagen!

Naast me een blauw-gele ara die een scherp krassend geluid maakte. Zijn nek was al kaal aan het worden, ik heb weleens ergens gelezen dat die beesten dat doen als ze zich eenzaam voelen: hun veren uitplukken. Vind je het gek dat ik geen veren meer heb! Ik vermaakte me kostelijk, het is heerlijk om al die levens van die mensen in te vullen en naar de kwalen van hun dieren te raden. Toen Bennie eindelijk aan de beurt was hielp mijn zoon me en pakte hij de mand op. Oei die artrosevingers van mij! Och Bennie ocherum hij zat helemaal achterin tegen het gaas aan, en dan niet aan de goede kant van de rits. Nee dokter, zeg ik, dit beestje heeft klasse, die geeft zich niet zomaar gewonnen. Teckels zijn stronteigenwijs, dat moet u ook weten. Hij laat zich niet zomaar uit die tas de behandeltafel op tillen. Als ik er weer aan denk word ik helemaal week van die trillende pootjes. Hij plofte natuurlijk plat op zijn buik op die tafel en die arts zegt gewoon zonder inleiding: ja mevrouw, Bennie is ook veel te zwaar, een hernia, met uitvalsverschijnselen in de poten en de staart, dat wordt laten inslapen. Nou, geen haar op mijn hoofd die daaraan denkt, mooi niet! Mijn zoon kromp ineen, dat heeft 'ie van zijn vader, dat was ook een zwakkeling, gestorven op zijn zevenenvijftigste, nooit meer iemand anders tegengekomen. Ik heb het altijd alleen gered, tot Bennie kwam, nu negen jaar geleden. Ik kreeg 'm van de kinderen, ze vonden dat ik aanspraak nodig had. Ik vond het een beetje laat als je het me eerlijk vraagt, ik was al achtentachtig, maar hij kwam uit het asiel dus was de kille berekening dat 'ie mij waarschijnlijk niet zou overleven. We zullen zien. Ik blijf hem lekker verwennen en zolang hij geen pijn heeft en niet lijdt, mag 'ie blijven of had ik dat al gezegd. De kinderen klagen dat ik steeds dezelfde verhalen vertel, maar hoe moet ik in godsnaam nou bijhouden aan welk van de kinderen ik wat vertel. Het scheelt tegenwoordig dat er al een paar dood zijn. Ja dat zeg ik zo plompverloren maar dat is wat hoor voor een moeder, om haar kinderen te overleven. Dat hoort niet. Maar kapot kregen ze me niet, daarvoor heb ik in de oorlog al te veel meegemaakt, maar dat is voor een andere keer. Je zal wel moe van me worden inmiddels.

Buiten kwam de stoom uit mijn oren, thuis vertrekt mijn zoon gelijk. Ik kijk hem na, hij zou best zelf wat gewicht kunnen verliezen in plaats van alleen maar te kankeren op mijn teckel.

En zes weken later, wat denkte? Drie van mijn kinderen op bezoek. We zitten wat te keuvelen, of eigenlijk zitten zij te klagen over het weer, over het stagneren van de kabinetsformatie, en net als ik mijn ogen van het raam afwend, zie ik Bennie uit zijn mand opstaan en naar de glazen tafel lopen, zijn buik netjes tien centimeter boven de vloer.

Ik kijk uit het raam en denk, het einde zou best mogen komen, ware het niet dat ik Bennie moet overleven, dat heb ik hem beloofd. Als ik eerder sterf dan hij, mag hij een spuitje krijgen.

Verantwoording

'De paskamer' en 'Polaroid' werden eerder in gewijzigde vorm en onder pseudoniem van Johanna van Os, gepubliceerd bij *De Optimist* en op *Revisor.nl*. 'De onuitzetbare' verscheen onder eigen naam in *Tirade* en 'De zee' op *Hard//hoofd*.

Veel dank aan

Anna • Bep • Boris • Esther • Femke • Jochum • Joop • Maarten • Marijn • Mark • Menno • Michelle • Thomas V • Thomas HvV • Ton • Sander B • Sander K • Sonja • Stella

Inhoud

Colofon

Tussen de mazen van Mariska Kleinhoonte van Os werd in opdracht van Uitgeverij Van Oorschot te Amsterdam gezet uit de Sabon door Perfect Service te Reeuwijk en gedrukt en garenloos gebrocheerd door Wilco te Amersfoort. Het omslagontwerp werd vervaardigd door Boris Snauwaert.